राष्ट्रपति राधाकृष्णन्

अवनीन्द्र कुमार विद्यालंकार

हिन्द पॉकेट बुक्स
पेंगुइन रैंडम हाउस इम्प्रिंट

हिन्द पॉकेट बुक्स

यूएसए। कनाडा। यूके। आयरलैंड। ऑस्ट्रेलिया। सिंगापुर
न्यू ज़ीलैंड। भारत। दक्षिण अफ्रीका। चीन

हिन्द पॉकेट बुक्स, पेंगुइन रैंडम हाउस ग्रुप ऑफ़ कम्पनीज़ का हिस्सा है,
जिसका पता global.penguinrandomhouse.com पर मिलेगा

पेंगुइन रैंडम हाउस इंडिया प्रा. लि.,
चौथी मंजिल, कैपिटल टावर -1, एम जी रोड,
गुड़गांव 122 002, हरियाणा, भारत

पेंगुइन
रैंडम हाउस
इंडिया

प्रथम हिन्दी संस्करण हिन्द पॉकेट बुक्स द्वारा 1965 में प्रकाशित
यह हिन्दी संस्करण हिन्द पॉकेट बुक्स में पेंगुइन रैंडम हाउस द्वारा 2022 में प्रकाशित

10 9 8 7 6 5 4 3 2

ISBN 9789353493097

मुद्रकः रेप्रो इंडिया लिमिटेड

www.penguin.co.in

FSC
www.fsc.org
MIX
Paper from
responsible sources
FSC® C047271

This is a legitimate digitally printed version of the book and therefore might not have certain extra finishing on the cover.

हिन्द पॉकेट बुक्स

राष्ट्रपति राधाकृष्णन्

राष्ट्रपति डॉ० राधाकृष्णन् इस युग के एक महान दार्शनिक और तत्व-चिन्तक के रूप में विश्व-विख्यात हैं। सारे संसार के विद्वान उन्हें आदर की दृष्टि से देखते हैं। राजनीति से दूर रहते हुए भी उन्होंने भारतीय स्वाधीनता-आन्दोलन में और स्वतंत्र भारत के निर्माण में भारी योगदान दिया है। विख्यात पत्रकार श्री अवनीन्द्र कुमार विद्यालंकार ने अपनी इस पुस्तक में डॉ० राधाकृष्णन् के प्रेरणाप्रद जीवन और उनके युगान्तरकारी विचारों का पूर्ण प्रामाणिक परिचय प्रस्तुत किया है।

क्रम

'...सत्य एक उपलब्धि है। यह विवादपटु लोगों का एक खिलौना नहीं है। जिस व्यक्ति ने आत्मज्योति को नहीं जगाया वह अध्यात्म-जगत् के दर्शन भी नहीं कर सकता।...'

'...विश्व के सब धर्मों की, संसार की सब स्त्रियों के समान, अपने धर्म से तुलना नहीं की जा सकती।...'

'...प्रत्येक सत्य-शोधक को अपने हृदय में एक मठ बनाना चाहिए और दिन में एक बार उसमें बैठकर विश्राम करना चाहिए।...'

'...जब हम समझते हैं कि हम जानते हैं, तब हम सीखना बन्द कर देते हैं।...'

'...एक छोटा इतिहास बनाने में जीवन के सैकड़ों वर्ष लग जाते हैं, और एक छोटी परम्परा बनाने में इतिहास की कई सदियां लग जाती हैं।...'

'...आध्यात्मिक जीवन अपने को कला,दर्शन,धर्म,सौन्दर्य और पूर्णता में प्रकट करता है। इनमें से कोई भी पूर्णता प्राप्त करने पर समाप्त नहीं होता।...'

'...साधारण मनुष्य के लिए जो सिद्धान्त है वही विशुद्ध आत्मा के लिए एक अनुभव है।...'

'...किसी भी धर्म के सत्य होने का प्रमाण यह तथ्य है कि उसके अनुयायी जिस रूप में दिखाई देते हैं, वे केवल उसके ही द्वारा बन सकते थे।...'

—राधाकृष्णन्

राष्ट्रपति राधाकृष्णन्

भारत के द्वितीय राष्ट्रपति

“इतना मृदु जीवन है इसका
और सभी तत्वों का ऐसा सुघर समन्वय
प्रकृति स्वयं ही खड़ी हो कह रही सारे जग से
यही है, एक वास्तविक मानव ।” —शेक्सपियर

12 मई, 1962 भारतीय इतिहास में ही नहीं, विश्व-इतिहास में भी एक संस्मरणीय और महत्त्वपूर्ण दिवस माना जाएगा। 31 तोपों की सलामी के बीच विश्व-प्रसिद्ध दार्शनिक, राजनीतिज्ञ डा० राधाकृष्णन् ने दुनिया के सबसे बड़े लोकतंत्री गणराज्य भारत के राष्ट्रपति-पद की शपथ ली। भारत के प्रथम राष्ट्रपति साधुमना डा० राजेन्द्रप्रसाद ने अपने उत्तराधिकारी के वास्ते अपनी कुर्सी खाली करते हुए कहा, विश्व-इतिहास की यह एक महत्त्वपूर्ण घटना है, कि केवल कुर्सी बदलने से सत्ता-हस्तान्तरण का कार्य पूरा हो गया। लेटिन अमेरिका के प्रेज़ीडेंटों के चुनावों को देखते हुए वस्तुतः यह एक मंगलप्रद और विस्मयकारी घटना थी कि भारत में डा० राजेन्द्रप्रसाद का स्थान डा० राधाकृष्णन् ने लिया, और यह सब कार्य निर्विघ्न एवं शान्तिपूर्वक हुआ। कोई विप्लव नहीं हुआ, रक्तपात नहीं हुआ, संघर्ष नहीं हुआ। वस्तुतः यह अणु-युग की एक अपूर्व घटना थी।

इसके साथ भारत के राष्ट्रपति-भवन ने एक नई परम्परा का सूत्रपात

किया। भारत का प्रथम राष्ट्रपति एक साधु पुरुष था। दूसरा दार्शनिक हुआ। क्या हम भविष्य में भी इस परम्परा को जारी रख सकेंगे ? यह प्रश्न अकेले स्व० वैज्ञानिक हाल्डेन का ही भारत से नहीं है, अपितु, सम्पूर्ण विश्व का भारत से यह प्रश्न है। इस प्रश्न का उत्तर भावी भारत को देना है। राष्ट्रपति-भवन सदा ऐसे ही महिमामहिम पुरुषों से मण्डित हो, यह कोई असम्भव कार्य नहीं है। भारतभूमि वंध्या नहीं हो गई। अतः विश्वासपूर्वक कहा जा सकता है कि यह परम्परा भविष्य में भी जारी रहेगी। भारत के राजनीतिक दल अपनी महत्त्वाकांक्षा को सीमित रखेंगे, और राष्ट्रपति-पद के लिए सदा भारत-भर में सर्वाधिक विख्यात पुरुष को चुनेंगे, और संकीर्ण दृष्टिकोण से सदा बचे रहेंगे। राष्ट्रपति-पद का गौरव अपेक्षा करता है कि राष्ट्रपति-भवन में निवास करनेवाला भारत का प्रथम नागरिक पूर्णतः दलगत राजनीति से अलिप्त हो। उसके बारे में एक स्वर से कहा जा सके कि, हां, यही एक व्यक्ति है, जो इस पद का अधिकारी है। डा० राधाकृष्णन् के राष्ट्रपति निर्वाचित होने की बात अपूर्व है। यह क्यों अपूर्व है, इसकी पृष्ठभूमि में निम्न घटना को देखना और विचारना चाहिए। यह घटना 'दी टाइम्स', लन्दन में छपी थी :

दो साल पहले कल (अर्थात् 28 जनवरी, 1951) चार व्यक्ति एक शयन-कक्ष में बैठे हुए थे। इस कमरे से आक्सफोर्ड का हृदय नज़र आता था। उन चार व्यक्तियों में एक व्यक्ति था, सर एस० राधाकृष्णन्। उस समय आप मास्को में भारत के राजदूत और आक्सफोर्ड विश्वविद्यालय में प्राच्य धर्मों व आचारशास्त्र (ईस्टर्न रिलीजंस एण्ड एथिक्स) के स्पालडिंग प्रोफेसर थे। इस समय आप भारत के उपराष्ट्रपति और संयुक्तराष्ट्र शिक्षा-विज्ञान व संस्कृति संस्था (यूनेस्को) के उपप्रधान थे। दूसरे सज्जन कैम्ब्रिज यूनिवर्सिटी के भूतपूर्व उपकुलपति कैनन सी० ई० रैवन थे।

चारों ओर अशान्त संसार को देखकर उन्होंने अनुभव किया और

इस बात पर वे सहमत हुए कि दुनिया की विभिन्न सरकारों द्वारा की जानेवाली सैनिक, राजनीतिक और आर्थिक कार्रवाइयां यदि सफल भी हुईं, तो भी आध्यात्मिक रिक्तता शेष रह जाएगी। इस समय फैला संशयात्मक दर्शन, प्राकृतिक नीतिशास्त्र और भौतिकवाद और सर्वत्र फैली उदासीनता और अधिक बढ़ेगी ही, रिक्तता पूर्ण न होगी। उन्होंने विचार किया, इसके लिए क्या किया जाए ? उनका विचार हुआ—आचारयुक्त, दार्शनिक, भक्तिपूर्ण रहस्यवादी शिक्षा और संस्कृति का विश्वविद्यालयों, अन्य शिक्षणालयों और धार्मिक संस्थाओं में प्रचार किया जाए। यह कार्य महान धर्मों, ईसाई-धर्म और अन्य धर्मों, का यथासम्भव सारे संसार में अध्ययन करके किया जाए। अब दो साल बाद उनका लक्ष्य मूर्तरूप में आया है और विश्व के महान धर्मों के अध्ययन के लिए एक विश्वव्यापी संघ की स्थापना की गई है।

इसके संस्थापकों ने इस संघ का लक्ष्य रखा है, विश्वविद्यालयों, शिक्षण-संस्थाओं और अन्य संस्थाओं में आचारशास्त्र, दर्शनशास्त्र और धर्मों के अध्ययन को बढ़ावा देना और प्रोत्साहन देना। इसमें निहित विश्वास यह है कि परमात्मा को प्राप्त करने के उपायों में विभिन्न धर्मों में जो एक सामान्य भावना पाई जाती है, यदि उसे विश्वभर के छात्रों के शिक्षा-पाठ्यक्रम में स्थान दिया जाए, तो विश्वसंस्कृति का विकास करना और विश्व का पुनरुज्जीवन होना संभव है। इस महान लक्ष्य की सिद्धि के लिए आवश्यक है कि पूर्व-पश्चिम की सुदूरपूर्व, मध्यपूर्व, भारत, प्राचीन ग्रीस और स्लाव, लेटिन, नार्डिक यूरोप, उत्तरी और लेटिन अमेरिका—इन सबकी महान संस्कृतियों का निष्पक्ष भाव से अध्ययन किया जाए और उनकी फलप्रद व उपयोगी विभिन्नताओं की रक्षा करते हुए, उनमें सुन्दर समन्वय किया जाए।

डा० राधाकृष्णन् के राष्ट्रपति चुने जाने को विश्व ने इस कारण एक नई आशा और नूतन विश्वास के साथ देखा। विश्व ने अनुभव किया कि भारत

में पुनः प्राचीन ऋषियों के स्वर में बोलनेवाले व्यक्ति के हाथ में शासन-सूत्र दिया गया है,' जो इस ऋषि-वाणी में विश्वास करता है कि 'विश्व एक नीड़ है, और जो विश्व-संस्कृति के विकास के लिए कृतसंकल्प है।

दुनिया के दार्शनिकों ने इस निर्वाचन का अभिनन्दन किया, क्योंकि उनका एक व्यक्ति 45 करोड़ आबादी के देश का राष्ट्रपति है। प्लेटो ने जिस सर्वोच्च प्रमुख की कल्पना की थी, वह जन-प्रतिनिधियों द्वारा निर्वाचित व्यक्ति न होता, तो वह अधिनायक प्रकृति का व्यक्ति होता। अतः डा० सर्वपल्ली राधाकृष्णन् के राष्ट्रपति होने से प्लेटो की आत्मा के प्रसन्न होने का प्रश्न ही नहीं उठता।

विश्व के इतिहास में यह पहला अवसर नहीं था, जब एक शिक्षक किसी देश का राष्ट्रपति चुना गया था। अमेरिका के प्रेज़ीडेंट उडरो विल्सन भी पहले शिक्षक थे। परन्तु अमेरिका के राष्ट्रपति चुने जाने से पहले उन्होंने राजनीति में सक्रिय भाग लिया था और डेमाक्रेटिक पार्टी को परंपरागत सीढ़ियों को पार करके वहां पहुंचे थे। चेकोस्लोवाकिया के प्रथम प्रेज़ीडेंट जोन मसारिक तो क्रांतिकारी ही थे। देश की स्वाधीनता के संग्राम में सक्रिय रूप से भाग लेते हुए वर्साई संधि से बने चेकोस्लावाकिया के प्रेज़ीडेण्ट चुने गए थे। अतः शिक्षकों ने विश्व की इस अभूतपूर्व घटना का हार्दिक अभिनंदन किया। उनकी आशाएं पुनः जाग्रत् हो गईं। आयर के प्रेज़ीडेंट डीवेलरा भी कभी गणित के शिक्षक थे।

डा० राधाकृष्णन् के राष्ट्रपति होने के समय भारत के मन में गीता का निम्न श्लोक आ गया :

"यत्र योगेश्वरः कृष्णो यत्र पार्थो धनुर्धरः।
तत्र श्रीर्विजयो भूतिर्ध्रुवा नीतिर्मतिर्मम ॥"[1]

---

1. मेरा दृढ़ विश्वास है कि योगेश्वर कृष्ण और धनुर्धारी अर्जुन जहां होंगे, वहां निश्चय से विजय और ऐश्वर्य का वास होगा।

यह 'विजय और भूति' का अपूर्व संगम था। 27 मई, 1964 को यह योग नहीं रहा। इसने भारत को एक नूतन भावना से अनुप्राणित किया। शिक्षा-क्षेत्र में उच्च स्थान पाने और दर्शन के क्षेत्र में अंतर्राष्ट्रीय ख्याति के बल पर, इससे पहले किसी व्यक्ति ने भारत सदृश एक महान देश के शासन-प्रमुख का पद प्राप्त नहीं किया। इस दृष्टि से भी 12 मई का ऐतिहासिक महत्त्व है।

विश्व-इतिहास में कुछ दयालु और परोपकारी शासकों के नाम हैं। आज भी उनका नाम आदर से लिया जाता है। प्राचीन मिस्र का आखेन-आतेन, रोम का मार्क्स आरेलियस, प्राचीन भारत का जनक तथा सम्राट अशोक, और कुछ नाम इस सम्बन्ध में लिए जा सकते होंगे। समय बदल गया है, पर, सर्वतोभावेन जनता की सेवा करने की भावना का आदर किया जाएगा। जब लोग सेवा-निवृत्त हो विश्राम करते हैं, उस आयु में, 75 वर्ष की आयु में, डा० सर्वपल्ली राधाकृष्णन् ने राष्ट्रपति-पद का गुरुतर कार्य-भार उठाया है। यह राष्ट्रपति की जनसेवा की उदात्त भावना को सूचित करता है। एकांत-सेवन करने की अपेक्षा राष्ट्रपति ने संघर्षपूर्ण राजनीतिक कार्य को उठाया है। क्या यही बात 12 मई के महत्त्व को बढ़ाने और इसको ऐतिहासिक बनाने के लिए पर्याप्त नहीं है ?

एकमात्र भारतीय, जिसको मार्शल स्तालिन से भेंट करने का अवसर मिला, वह आज भारत का राष्ट्रपति है। यूगोस्लेविया के मिलोवन जिलास ने भी मार्शल स्तालिन से भेंट की थी और अपने संस्मरण लिखे थे। मिलोवन जिलास आज भी मार्शल टीटो की जेल में बन्द हैं। भारत के समाजवादी उसकी रिहाई के लिए प्रार्थना कर रहे हैं। यह अंतर भी 12 मई को ऐतिहासिक महत्त्व प्रदान करता है। यह राष्ट्रपति की विशेषता को भी प्रकट करता है। दार्शनिक के समान स्थिर दृष्टि से सम्पूर्ण जीवन को देखने की उनकी वृत्ति है। वे सम्पूर्ण जीवन को देखते हैं। यही विशेषता उनको विश्व के दार्शनिकों में यदि उच्चस्थान प्रदान करती है,

तो राजनीतिज्ञों और राजनयज्ञों में भी विशिष्ट स्थान प्रदान करती है। भारत का यह सौभाग्य है कि उसको डा० राजेन्द्रप्रसाद के बाद ऐसा तत्त्वदर्शी राष्ट्रपति मिला है, जो अपने जीवन और कर्म से महर्षि वसिष्ठ और विश्वामित्र की याद दिलाता है।

जन्म और शिक्षा

डा० सर्वपल्ली राधाकृष्णन् के पूर्वज 'सर्वपल्ली' गांव में रहते थे। वहां से यह ब्राह्मण परिवार आजीविका की खोज में तिरूत्तणी गांव में आ गया। राष्ट्रपति के दादा या परदादा इस गांव में सर्वप्रथम आए थे। तिरूत्तणी के पास ही सर्वपल्ली गांव है। विचित्र बात प्रतीत होगी, कि यह परिवार तिरूत्तणी ही आकर रुक गया, तिरूपति नहीं पहुंचा। यद्यपि वह तिरूत्तणी से अधिक दूर नहीं है। तिरूत्तणी गांव मद्रास शहर से उत्तर-पश्चिम में चालीस मील दूर है। राष्ट्रपति किन्तु मद्रास के निवासी हो गए हैं। पैतृक घर में उनके अन्य कुटुम्बी जन रहते हैं। डा० राधाकृष्णन् के पिता श्री वीरस्वामी उय्या पुरोहिताई करते थे और इसके साथ-साथ उस समय के ब्राह्मण पुरोहितों के समान शिक्षक का भी काम करते थे। धर्म-अनुराग, और धर्म-प्रचार की भावना, और ईश्वर-भक्ति राधाकृष्णन् को विरासत में मिली है। डा० राधाकृष्णन् का जन्म 5 सितम्बर, 1988 को हुआ। आप अपने भाई-बहिनों में दूसरे थे। आप पांच भाई थे। आपकी एक बहिन श्रीमती कृष्णमूर्ति तो आज भी तिरूत्तणी में ही रहती है। उसका कहना है कि भाई बचपन से ही दुबले-पतले हैं। डा० राधाकृष्णन् के माता-पिता संपन्न और धनाढ्य नहीं थे, परंतु सर्वथा अभावग्रस्त भी नहीं थे। डा० राधाकृष्णन् आज जो कुछ भी दिखाई देते हैं, वह उनके

अपने पुरुषार्थ और अपने भगीरथ प्रयत्नों का फल है। उन्होंने अपना निर्माण स्वतः किया है।

बारह साल की आयु तक डा० राधाकृष्णन् अपने गांव में ही रहे। पिता से ही उन्होंने अक्षर-ज्ञान प्राप्त किया, शास्त्राभ्यास किया। स्थानीय ज़मींदार-परिवार के साथ डा० राधाकृष्णन् के पिता का घनिष्ठ सम्बन्ध था। सम्भवतः उनके ही किसी पूर्वज के आग्रह से यह ब्राह्मण परिवार अपना गांव छोड़कर तिरूत्तणी में आकर बस गया था। इस परिचय द्वारा डा० राधाकृष्णन् के पिता का परिचय ईसाई मिशनरियों और उनकी शिक्षण-संस्थाओं से हुआ। इस परिचय ने बालक राधाकृष्णन् के लिए आधुनिक पश्चिमी ज्ञान का अर्जन करना संभव कर दिया।

बालक राधाकृष्णन् संकोची और लजीले स्वभाव का था। बचपन से उसका स्वभाव रहा है कि वह देखी और पढ़ी चीज़ों पर एकांत में बैठकर विचार करे। इस स्वभाव ने ही उसको संयमी बनाया। प्रबल अनुभूतियों, राग-द्वेष और क्रोध-क्षोभ पर विजय पाना संभव कर दिया। यही कारण है कि उनके मित्र कहते हैं कि राधाकृष्णन् तो क्रोध करना जानते ही नहीं। वस्तुतः वे क्रोध कर ही नहीं सकते। उन्होंने जन्म से कामादि षडरिपुओं को जीतने का अभ्यास किया है। चिंतन ने इसमें मदद दी है। संगी-साथियों की अपेक्षा पुस्तकें उनको सदा प्रिय रही हैं। पढ़ने और विद्या प्राप्त करने का चाव उनको बचपन से है। क्रिश्चियन स्कूल और कालेज में पढ़ने के कारण जहां राधाकृष्णन् को बाइबल का अच्छा ज्ञान हुआ वहां अंग्रेज़ी पर असाधारण प्रभुत्व-संपादन करने का भी अलभ्य व अनुपम अवसर मिला।

डा० राधाकृष्णन् ने इंग्लैण्ड में जाकर शिक्षा नहीं पाई, वे भारतीय विश्वविद्यालय के ही लिए गर्व की वस्तु हैं। संभवतः भारत के उन प्रमुख व्यक्तियों में डा० राधाकृष्णन् की गणना करनी चाहिए, जो पश्चिम की चकाचौंध से आक्रांत नहीं हुए, पराजित नहीं हुए और भारत का निर्माण

जिन्होंने भारतीय तत्वों से किया है। तिरूपति के प्रति जन्म से श्रद्धा होने के कारण ही ऐसा नहीं हुआ। मिशनरी स्कूल और कालेज के वातावरण ने भी उनको इस दिशा में सोचने को बाध्य किया। वे रानाडे और तिलक की श्रेणी में आते हैं, जिनको भारतीय धर्म के प्रति अटल श्रद्धा और विश्वास था।

स्कूली शिक्षा राधाकृष्णन् ने वेल्लोर के वूरहीज कालेज में पाई। इस समय बालक का अपने जन्म-गांव से जो नाता टूटा, वह कभी जुड़ा नहीं। वह विश्वपर्यटक हो गया, परंतु तिरूतणी की छाप और तिरूपति की स्मृति अमिट रही। इस गांव में सुब्रह्मण्य देवता का पवित्र मन्दिर है। इस मन्दिर का दक्षिण के एक महान सन्त श्री मुथुस्वामी दीक्षितार के साथ सम्बन्ध है। इस संत को इसी मन्दिर में अंतर्ज्ञान प्राप्त हुआ, और यहीं उसने अपना पहला गीत गाया। इस संत के सब गीतों में इस पवित्र स्थान को 'गुरु गुहा' के नाम से बराबर स्मरण किया गया है। यह है इस स्थान का प्रभाव। बालक राधाकृष्णन् भो इस प्रभाव को लेकर ही वेल्लोर गया। यही कारण है कि ईसाई-धर्म के उग्र प्रभाव के आगे उसका हिन्दू-हृदय और अधिक प्रखर और प्रोज्ज्वल हो गया। उसने हिन्दू धर्म की निंदा सुनकर चुपचाप ईसाई-धर्म की श्रेष्ठता नहीं मान ली। अपने धर्म के प्रति उसकी श्रद्धा और भक्ति इससे बढ़ी। विद्युत्-तरंग का स्पर्श व्यक्ति को मार भी सकता है, और जीवन भी दे सकता है। ईसाई शिक्षकों का अपने धर्म के प्रति प्रेम देखकर विद्यार्थी राधाकृष्णन् के मन में भी अपने धर्म के प्रति भक्ति बढ़ी। मन ही मन उसने हिन्दू धर्म की रक्षा और उसका प्रसार करने का संकल्प किया।

अपने गांव से ही बालक राधाकृष्णन् ने संत दीक्षितार के समान चिंतन, अध्ययन, अध्यापकी की प्रेरणा पाई और अंत में यह बालक विश्व-विख्यात दार्शनिक, शिक्षक एवं पूर्व-पश्चिम का संगम-स्थल बन गया। तिरूपति ने भी राधाकृष्णन् को प्रभावित किया। वह उनको 76 साल की आयु में भी अनुप्राणित करता है। वे प्रतिवर्ष अवश्य एक बार

उसका दर्शन करते हैं। तिरूपति के प्रति उनकी श्रद्धा और भक्ति में आज भी कोई अन्तर नहीं आया।

वेल्लोर से एफ० ए० करने के बाद तरुण विद्यार्थी मद्रास गया। यहां वह मद्रास क्रिश्चियन कालेज में भरती हुआ। इस कालेज में उसके सहाध्यायियों में दक्षिण के अनेक प्रसिद्ध व्यक्ति थे, जैसे कानून के प्रसिद्ध पण्डित स्व० अल्लादी कृष्ण स्वामी अय्यर (भारत का संविधान बनानेवाली कमेटी के आप एक प्रमुख सदस्य थे, और मद्रास सरकार के एडवोकेट जनरल थे), स्व० प्रो० टी० के दुरई, स्वामी अय्यर और एम० सुब्बाराय अय्यर। ये तीनों आपके कालेज जीवन के अभिन्न मित्र रहे।

डा० राधाकृष्णन् दार्शनिक हुए, यह एक दैव-संयोग की बात है। वे अपनी इच्छा या अन्तःकरण की प्रेरणा से दार्शनिक नहीं हुए। भाग्य ने उनको ऐतिहासिक से दार्शनिक बना दिया। बी० ए० में वह क्या पर्याय विषय ले, यह युवा छात्र सोच रहा था। कोई निश्चय नहीं कर पा रहा था। इसी समय उसका चचेरा भाई आया और वह अपनी दर्शन की सब किताबें उसको दे गया, और कहता गया—फिलासफी (दर्शन) ले लो, तर जाओगे। वह उसी साल बी० ए० हुआ था। युवा राधाकृष्णन् को मार्ग मिल गया। वह दर्शन का अध्ययन करने लगा।

छात्र-जीवन में उनको गरीबी से कदम-कदम पर लड़ना पड़ा। इन दिनों के उनके संस्मरण हृदयग्राही हैं। पर युवा छात्र इस संघर्ष से पराजित नहीं हुआ। घबराया नहीं। उसका कहना था : "इसमें क्या रखा है, कि वह मुंह में सोने की चम्मच लेकर पैदा हुआ, या लकड़ी की! मुख्य बात यह है कि वह क्या वस्तु ग्रहण करता है।" मद्रास क्रिश्चियन कालेज में आने के बाद मिशनरियों के साथ संपर्क बढ़ा। यहां उन्होंने 'न्यू टेस्टामेंट' (बाइबल का एक भाग) का पूर्ण ज्ञान प्राप्त किया। किन्तु ईसाई पादरी जिस रीति से हिंदू धर्म और रीति-नीति की आलोचना

करते थे, उसने उनको बहुत प्रभावित किया। इसी समय वेदान्त-केसरी स्वामी विवेकानन्द का सिंहगर्जन आपको सुनाई दिया। इस गर्जना ने आपका जीवन-मार्ग आलोकित कर दिया। हिन्दू धर्म के प्रति आपकी निष्ठा ज्ञानपूर्ण और तर्कपूर्ण हो गई। स्वामी विवेकानन्द का प्रभाव डा०राधाकृष्णन् ने इन शब्दों में स्वीकार किया है : "स्वामी विवेकानन्द के अद्भुत साहस और उनकी वाग्मिता ने हिन्दू धर्म के प्रति मेरे उस अभिमान को जाग्रत किया जिसपर ईसाई मिशनरियों द्वारा अब तक बराबर आघात किया जाता रहा था।" स्वामी विवेकानन्द के भाषणों ने युवा राधाकृष्णन् को वेदान्त का गम्भीर अध्ययन करने के लिए प्रेरित किया। एम० ए० में भी दर्शन का अध्ययन जारी रहा, और बीस साल की आयु में राधाकृष्णन् ने 'दी एथिक्स ऑव वेदान्त' नाम से एक निबंध लिखा। आपके दर्शनशास्त्र के शिक्षक ए० जी० हाग ने आपको इस निबन्ध पर एक प्रमाणपत्र दिया और लिखा : "एम० ए० की परीक्षा के लिए इस विद्यार्थी ने जो निबंध लिखा है, वह इस बात का प्रमाण है कि वह मुख्य-मुख्य दार्शनिक समस्याओं को भली भांति समझता है और उनको उसने हृदयंगम कर लिया है। विकट और पेचीदा तर्क को वह बहुत अच्छी तरह से प्रकट करने की योग्यता और क्षमता रखता है। इसके अतिरिक्त अंग्रेज़ी भाषा पर उसका प्रभुत्व विलक्षण है।"

राधाकृष्णन् जिन दिनों विद्यार्थी थे वे 'ट्यूशन' करते थे। अपनी कक्षा से दो-तीन कक्षा नीचे के विद्यार्थियों को वे पढ़ाया करते थे। इनमें एक आपका छात्र था 'एथिराज'। 1908 में आप मद्रास के प्रेसीडेंसी कालेज में 'लाजिक' के शिक्षक (असिस्टेंट प्रोफेसर) हो गए थे। मद्रास प्रांत की शिक्षा-सेवा में प्रवेश पाने के बाद आपके लिए 'एल० टी०' होना ज़रूरी हो गया। अतः टीचर्स कालेज, सैदापेठ में 1910 का साल गुज़ारा।

टीचर्स कालेज में मनोविज्ञान पढ़ानेवाला शिक्षक राधाकृष्णन् को अपनी कक्षा में देखकर प्रसन्न नहीं होता था। वह सदा असमंजस का

अनुभव करता। अतः उसने आपको छुट्टी दे दी कि उसकी कक्षा में आवें या न आवें। राधाकृष्णन् ने भी अनिच्छापूर्वक उसकी कक्षा से छुट्टी ले ली। साल समाप्त होने को आया। एल० टी० के विद्यार्थी अपने को परीक्षा के लिए ठीक रीति से तैयार नहीं पाते थे। अतः राधाकृष्णन् से कहा गया कि वे कुछ व्याख्यान अपने सहाध्यायियों को दें। पहले तो आपने इन्कार कर दिया, परंतु जब प्रोफेसर ने स्वतः आकर कहा, कि वह उनके व्याख्यानों के पूरक व्याख्यान दे, तब आप तैयार हो गए। आपके सब सहाध्यायी आपसे आयु में बड़े थे, पर आपके भाषण अत्यधिक ध्यान से सुने गए। इस समय आपने कुल 13 व्याख्यान दिए। ये व्याख्यान 54 साल पहले दिए गए थे, पर उनमें भी विषय की गहराई, वाग्मिता, शब्दों का सुन्दर चुनाव और भाषण की विशद व परिष्कृत शैली वही थी, जो आज है—यह श्री एम० के० रंगास्वामी आयंगर का आत्मानुभव है।

आयु बढ़ने के साथ डा० राधाकृष्णन् में परिवर्तन हुआ है, यह नहीं कहा जा सकता। वेदान्त के सम्बन्ध में उनके जो विचार 1909 में थे, वही आज हैं। उनकी पोशाक भी वही है। उनकी बहिन ने सदा इसी वेश में उनको देखा है। 'लाजिक' पढ़ाना आरंभ करते हुए आपने जो बाना धारण किया, वही आज है। वही लम्बा कोट है। हां, एक अन्तर आया है—अब कोट रेशमी नहीं रहा है। 1911 में आपकी कालेज की शिक्षा समाप्त हुई। आपने सब परीक्षाएं विशिष्ट योग्यता के साथ उत्तीर्ण की थीं। परन्तु फिर भी आपने और दो साल 'डाक्टरेट' लेने के लिए नहीं लगाए, यह आज एक विचित्र बात प्रतीत होगी। परन्तु इसका कारण उनमें अध्ययन प्रियता का अभाव नहीं है, गरीबी है। डा० राधाकृष्णन् उस समय की रीति के अनुसार शिक्षा पाने के लिए यूरोप भी नहीं गए। भारत के भाग्य से यह अच्छा ही हुआ, अन्यथा राधाकृष्णन् सदृश दार्शनिक उत्पन्न करने का श्रेय यूरोप को ही मिलता, भारत को नहीं।

उस समय की प्रथा के अनुसार राष्ट्रपति का विवाह भी छोटी आयु में ही हो गया था, संभवतः वुरहीज कालेज, वेल्लोर में जाने से पहले ही। इसको वे बुरा भी नहीं मानते। बाल-विवाह के वे विरोधी हैं, यह नहीं कहा जा सकता। हां, इसमें कुछ संशोधन अवश्य चाहते हैं। इस सम्बन्ध में आपका कहना है, कि यद्यपि यूरोप में साधारणतः जिस उमर में विवाह होते हैं, उसकी अपेक्षा यहां कम उमर में हो जाते हैं, पर ये बाल-विवाह असफल नहीं होते। पत्नी का हिन्दू-आदर्श उदात्त और अत्युच्च है, एवं वह स्वाधिकार से अपने अधिकारों की मांग करनेवाली है। आज भी हिन्दू स्त्रियां पुराने आदर्श से अनुप्राणित हैं। पति उसका जीवन है। पति यदि विश्वासहीन है, तो उसको अवश्य विश्वासी होना चाहिए, अपने धर्मों का पालन करना चाहिए। वह यदि पथ-भ्रष्ट हो गया है, तो भी उसको उसकी आज्ञा में रहना चाहिए, पातिव्रत धर्म का पालन करना चाहिए। यदि वह अन्य से मिलता है, तो भी उसे उसके वापस आने की प्रतीक्षा करनी चाहिए, क्योंकि पत्नी का यही धर्म है। यदि इसमें अन्ध-भक्ति है, और यह मन का यदि एक विकार है, तो यह शाश्वत में भी है, जो हमें उसी प्यार से प्यार करता है। वह धीरज के साथ और अनाथ के रूप में हमारी प्रतीक्षा करता है, जबकि हम श्रान्त और मिथ्या प्रसन्नता से भरे हुए आते हैं। विशुद्ध, असन्दिग्ध प्रेम दैवीय व स्वर्गीय है, यह परमात्मा की देन है, जो दुर्बलता पर विजयी होता है। भारतीय वैवाहिक जीवन में विद्यमान भद्रता और अगाध प्रेम को और भी उपयुक्त परिवर्तन करके बढ़ाया जा सकता है।

कहना न होगा, कि दार्शनिक का यह मंतव्य यूरोपियन आलोचकों को एक जवाब-मात्र है। यदि राधाकृष्णन् का विवाह बचपन में न हो जाता, तो क्या वह यूरोप में भी ऊंची शिक्षा पाने के लिए नहीं जाता ? यह साहस युवा राधाकृष्णन् नहीं कर सका, क्योंकि वह विवाह-सूत्र में आबद्ध था। क्या वह बाल-विवाह के विरुद्ध एक युक्ति नहीं है ?

शिक्षक डा० राधाकृष्णन्

1908 में युवा राधाकृष्णन् केवल बीस साल की आयु में मद्रास प्रेसीडेंसी कालेज में दर्शन (फिलासफी), तर्कशास्त्र के सहायक उपाध्याय या असिस्टेंट प्रोफेसर नियुक्त हुए। इस समय भी आपका अध्ययन जारी था, क्योंकि मद्रास संस्कृत कालेज की स्वर्ण-जयन्ती (1957) पर आपने कहा था कि 1911 में जब उन्होंने एम० ए० की उपाधि प्राप्त की, उस वर्ष मद्रास विश्वविद्यालय का दीक्षान्त भाषण सर वी० कृष्ण स्वामी अय्यर ने दिया था। क्या इस समय एक क्षण के लिए भी युवा राधाकृष्णन् के मन में यह भाव आया था कि वह भी एक दिन इस विश्वविद्यालय में ही नहीं, दुनिया-भर के विश्वविद्यालयों में दीक्षांत भाषण देने के लिए बुलाया जायगा और स्नातकों से कहेगा: "सम्प्रति यथेच्छसि तथा कुरु," अब यथेच्छ बरतो।

राधाकृष्णन् ने कालेज में दर्शन के साथ-साथ गणित विषय भी लिया था। परंतु कभी गणित की ओर उन्होंने अभिरुचि नहीं दिखाई और न इस क्षेत्र में उनका कभी नाम ही सुना गया। परन्तु उनके व्याख्यानों में श्रोता को शब्दों की लहर एक सरल धारा में नहीं, मेहराब बनाती हुई, 'कर्व' बनाती हुई चलती प्रतीत होती है, और व्याख्यान का यह भाग अत्यन्त प्रभावशाली होता है। इसकी छाप श्रोता पर अमिट रहती है। यह सम्भवतः उनके गणित-अध्ययन से ही आया है। यह इस बात का द्योतक है कि यदि वे चाहते तो कुशल इंजीनियर हो सकते थे, और पश्चिम और पूर्व के मध्य पुल बनने के समान उस अवस्था में भी पुल बनाने में ख्याति प्राप्त करते।

1908 में जब डा० राधाकृष्णन् उपाध्याय हुए, तब एक संकोची, लजीले प्रोफेसर थे। वे कालेज में तर्कशास्त्र (लाजिक) पढ़ाते थे। उसका अपना कोई विशेष कक्ष नहीं था। अतः छात्रों को लेकर वे खाली कमरे

की खोज में रोज़ निकलते। वे गलियारे और 'दीर्घा' में से दुबकते-दुबकते निकलते और इस रीति से जाते जिससे किसीका ध्यान उनकी ओर न खिंचे। उनके आने-जाने का ज्ञान अन्य वर्गों के छात्रों को नहीं होता था। इस समय भी वे दुबले-पतले थे। पर, शिर बड़ा था। प्रशस्त ललाट, गरुड़ की चोंच के समान नाक, शरीर पर लम्बा पीला कोट, सफेद पगड़ी और धोती। गलियारे में तेज़ी से डग बढ़ाते हुए जाते थे। अठावन साल पहले राधाकृष्णन् की जो वेशभूषा थी, वही आज भी है। पगड़ी कभी-कभी, अब, राष्ट्रपति होने के बाद से विदेशों में उतरने लगी है।

पश्चिमी विद्वान् और दार्शनिक अनेक बार कह चुके हैं कि सर्वपल्ली राधाकृष्णन् पूर्व और पश्चिम के मध्य जीवित सर्वोत्तम पुल है। परन्तु यह सत्य उनसे दर्शन पढ़नेवाले छात्रों ने अठावन साल पहले ही अनुभव कर लिया था। यही क्यों, उनकी मान्यता थी कि उनका गुरु एशिया का महानतम शिक्षक है। इसका उस समय के छात्रों को आज भी अभिमान है।

शिक्षक के रूप में युवा राधाकृष्णन् की ख्याति शीघ्र ही कालेज की दीवारों को पार करके फैल गई। उसकी व्याख्यान देने की शक्ति, अंग्रेज़ी भाषा पर असामान्य अधिकार, शब्दों का यथोचित चुनाव, भावों को स्पष्टता से प्रकट करने की विलक्षण शक्ति, तर्क और भावना का अपूर्व समन्वय छात्रों पर अद्भुत प्रभाव डालता था। उस समय के सुने अनेक वाक्य आज भी उनके छात्रों के कानों में गूंजा करते हैं। व्याख्यानों में एक जादू होता था, और वह कक्षा समाप्त हो जाने और उपाध्याय के कक्षा से बाहर चले जाने पर भी बना रहता था। प्रोफेसर की, किसी विषय को विस्तार से कहने और संक्षेप से कहने की शक्ति अद्भुत थी। छात्र प्रोफेसर की ओर प्रशंसा से देखते थे। दर्शन सदश रूक्ष और अमूर्त विषय भी राधाकृष्णन् के हाथ में पहुंचकर सरस और आकर्षक बन गया था।

प्रोफेसर अपनी कक्षा के प्रत्येक छात्र को भली भांति पहचानता था। प्रोफेसर होने पर सहाध्यायी जब मिलने आते थे, तो उनसे युवा

प्रोफेसर सहज भाव से और स्नेह भाव से मिलता था। उसकी विनम्रता और निश्छलता सदा प्रकट होती थी। संभव होता तो पुराने सहाध्यायियों की मदद करने से भी नहीं चूकता था।

मन को एकाग्र करने की शक्ति युवा प्रोफेसर में अत्यधिक है, यह भी शीघ्र लोगों को ज्ञात हो गया। मेज़ के ही पास बच्चे शोर कर रहे हैं, खेल रहे हैं, कोई बात नहीं, प्रोफेसर का पढ़ना-लिखना चलता रहता था। इनसे दूसरे घर के लोगों और परिचितों को कोई शिकायत नहीं हो सकती थी। इनका कमरा बच्चों के लिए खुला था। वे खेलें, उत्पात मचावें—प्रोफेसर का ध्यान भंग नहीं होता था।

तमिल ग्रंथ 'कुरल' में कहा गया है कि प्रमुख को 'काटचिकू'—सर्वसुलभ, सर्व-गम्य—होना चाहिए। राधाकृष्णन् इसके एक अनुपम उदाहरण हैं। छात्रों के वास्ते उनका द्वार सदा खुला रहता था। उनकी मदद वे हर प्रकार से करते थे। विख्यात हो जाने पर तो अनेक लोग ऐसे काम करते हैं, जो उनके स्वभाव का अंग नहीं होते। परन्तु डा० राधाकृष्णन् के स्वभाव का यह एक अंग है कि जो सहायता का प्रार्थी होकर आया है, उसकी यथाशक्ति सहायता की जाए। अतः आप छात्रप्रिय गुरु थे। आपकी कक्षा में अन्य विषयों के छात्र भी आपका व्याख्यान सुनने के लिए आते थे। किसीको कभी आपने इंकार किया हो, या इसकी कभी शिकायत की हो, यह नहीं सुना गया। यही कारण है कि उस समय उनके व्याख्यान सुननेवाले आज भी 'इन दिस कनेक्शन' (इस सिलसिले में), 'इंसीडेंटली रिमार्क्स (प्रसंगवश कही बात) इस तरह के उनके वाक्यों को स्मरण करते है।

छात्रों की सहायता करना उनका स्वभाव ही नहीं है, धर्म भी हो गया है। कलकत्ता विश्वविद्यालय के एक एम० ए० के छात्र ने लिखा: "मैं गरीब होने के कारण आपकी लिखी 'इण्डियन फिलासफी' पुस्तक खरीदने में असमर्थ हूं। कृपा होगी, यदि परीक्षा तक के लिए अपने पास

से दे दें, परीक्षा के बाद लौटा दूंगा।"

राधाकृष्णन् उस समय उपराष्ट्रपति थे। दिल्ली विश्वविद्यालय के कुलपति थे। छात्र की कठिनाई और उसकी दयनीय स्थिति एवं उसकी अन्तर्वेदना को अनुभव किया। पुस्तकें भेजते हुए उसको लिखाः "इनको लौटाने की आवश्यकता नहीं।" सर्वपल्ली राधाकृष्णन् ने इस प्रकार का कितना दान दिया है, इसका लेखा-जोखा नहीं है। उनके प्रिय छात्र देश-भर में ही नहीं, बाहर भी फैले हुए हैं। पाकिस्तान के वर्तमान परराष्ट्रमंत्री श्री भुट्टो भी कभी डा० राधाकृष्णन् के छात्र रहे हैं। इनके प्रशंसकों के समान ही इनके छात्र सब धर्मों, सब देशों के हैं।

पर छात्र अपने गुरु को ठग नहीं सकते थे। अनुपस्थित होने की अवस्था में किसी दूसरे छात्र की सहायता से उपस्थिति नहीं लगवा सकते थे। 'प्राक्सी' से हाज़िरी भरवाने की चेष्टा प्रायः विफल होती थी। कलकत्ता में जब वे पढ़ाते थे, तो उनके छात्रों को यह बात ज्ञात थी। अतः एक ने अंग्रेज़ी पढ़नेवाले छात्र से यह बात कही। उसको कहा : शर्त लगाओ, तो, वह उसकी हाज़िरी लगवा देगा। यह लड़का उनके व्याख्यानों को यदा-कदा सुनने जाता था, उनका नियमित छात्र नहीं था। निश्चित दिन वह लड़का अपने मित्र के बैठने की जगह बैठा। प्रोफेसर राधाकृष्णन् ने हाज़िरी लेनी प्रारम्भ की। रोल नम्बर 'नौ' बोला, और उस लड़के ने मित्र का रोल नम्बर आने पर 'यस सर' कहा। यह आवाज़ चतुर व पारखी प्रोफेसर के कानों को खटकी और अपरिचित मालूम दी। प्रोफेसर ने, अतः दुबारा उसी रोल नम्बर को बोला। वह छात्र खड़ा हो गया। उसके पीछे बैठे छात्र उसका कुरता खींच रहे थे। पर वह बैठा नहीं। वह शर्त जीतने के लिए तैयार होकर आया था। उसने मना करने पर भी पुनः 'यस सर' कहा। प्रोफेसर की दृष्टि उठी, छात्र पर पड़ी। रजिस्टर में उपस्थिति लग गई। छात्र का गर्व तुष्ट हो गया, और शर्त जीतने के बदले उसने भर पेट मिठाई भी खाई।

मद्रास क्रिश्चियन कालेज में राधाकृष्णन् डा० ए० जी० हाग के एक अत्यन्त प्रिय और भक्त छात्र थे। अपने गुरु के प्रति उनमें अगाध श्रद्धा थी, और प्रेम था। वे अपने मिशनरी प्रोफेसर के हिन्दू धर्म-विरोधी विचारों से कभी परेशानी अनुभव नहीं करते थे। इसने सर्वपल्ली राधाकृष्णन् को प्रेरित किया कि वे हिन्दू धर्म के यथार्थ स्वरूप को पश्चिम के सम्मुख ऐसी भाषा में रखें, जो पश्चिमी जगत् की समझ में आ जाए। उन्होंने यह जीवन-व्रत उसी समय लिया। इसमें डा० ए० जी० हाग के प्रति श्रद्धा बाधक नहीं हुई। सहिष्णुता का भी इससे अभ्यास हुआ। शिक्षण-काल में इस कार्य को राधाकृष्णन् ने सतत जारी रखा। इस काल के अध्ययन ने उनके कक्षा में दिए जानेवाले व्याख्यानों को और अधिक सरल और विद्वत्तापूर्ण बनाया। हरेक व्याख्यान एक से एक अधिक ज्ञानवर्द्धक और आकर्षक होता था। अतः छात्रों की भीड़ भी सदा अधिक होती थी। उनके व्याख्यानों में इतिहास का अद्भुत मेल होने से दर्शन का विषय अधिक विशद, सरल और सुबोध हो जाता था। ऐतिहासिक दृष्टि से दर्शन का अध्ययन और अध्यापन की विशिष्ट शैली का शिक्षक राधाकृष्णन्। ने आविष्कार किया। इस कारण उनके भाषण अधिक मनोरंजक और आकर्षक हो गए।

सामाजिक दर्शन को डा० राधाकृष्णन् ने सदा अध्यात्मवाद, सार्वभौमवाद और मानवता के रूप में ग्रहण किया है। इसी रूप में आपने छात्रों को इसकी शिक्षा दी। अतः छात्र उनके व्याख्यानों को सुनने के बाद विस्मय से कहते : “हमारा प्रोफेसर सर्वाधिक विलक्षण है।” गवर्नमेंट आर्ट्स कालेज, राजमहेन्द्रवरम् में आप 1918 में दर्शन पढ़ाते थे। वहां के छात्र आज भी अपने प्रोफेसर के लिए श्रद्धा से यही कहते हैं : ‘मोस्ट वंडरफुल’। क्या आज भी 77 साल की आयु में 1918 के छात्रों का दिया गया विशेषण सही नहीं है ?

मैसूर में

प्रेसीडेंसी कालेज, मद्रास में शिक्षक राधाकृष्णन् 1908 से 1917 तक रहे। इन आठ वर्षों में छात्रों को पढ़ाने के अतिरिक्त विदेशी पत्र-पत्रिकाओं में लेख लिखने का भी तांता इस युवा शिक्षक ने बांध दिया। दार्शनिक जगत् में एक नये तारे का उदय हुआ है, यह अनुभव किया जाने लगा। मैसूर के योग्य और प्रसिद्ध इंजीनियर दीवान सर मोक्षगुंडम विश्वेश्वरैया की दृष्टि भी इधर आकर्षित हुई। उन्होंने इस युवा विद्वान् को अपनी रियासत में बुलाकर महाराजा कालेज, मैसूर में दर्शन का प्रोफेसर 1918 में नियुक्त किया। शिक्षक राधाकृष्णन् का यश इस समय मद्रास प्रांत से बाहर फैल गया था। डा० राधाकृष्णन् मैसूर में 1921 तक रहे ।

मैसूर में पढ़ाते हुए भी शिक्षक राधाकृष्णन् के प्रिय संगी व सखा किताबें ही थीं। वे घोर अध्यवसायी और बहुत पढ़नेवाले थे। मन बहलाने के लिए वे सुबह-शाम अपने पड़ोसी डा० वाडिया (वर्तमान काल में राज्यसभा के सदस्य) के साथ घूमने जाते थे या 'ब्रिज' खेलते थे। पढ़ते हुए इस शिक्षक को पढ़ाई से उठाकर घूमने ले जाने का काम प्रो० वाडिया काथा। यदि किसी दिन वे घूमने ले जाने के लिए न आते, तो पूछ-ताछ की जाती थी। शिक्षक राधाकृष्णन् के उस समय के भाषणों को सुनकर कुछ का कहना था : ये तो अंत्येष्टि-संस्कार के समय दिए जानेवाले भाषणों के समान हैं, क्योंकि वे अत्यंत गंभीर होते थे, और उनमें विनोद का अभाव होता था। श्रोता उनके भाषणों में कभी हंसते हुए नहीं देखे जाते थे।

दैव-संयोग की बात देखिए कि मैसूर विश्वविद्यालय की स्थापना 1916 में हुई। महाराजा कालेज, मैसूर में चार नये प्रोफेसरों की नियुक्ति हुई—डा० राधाकुमुद मुकर्जी, प्रो० के० टी० शाह, प्रो० राधाकृष्णन् और प्रो० वाडिया।

उस समय इन चारों में से कोई नहीं जानता था कि ये चारों कभी राज्यसभा के सदस्य होंगे, और उसका पहला अध्यक्ष उनका यह नया युवा साथी होगा।

राधाकृष्णन् की मूल प्रकृति प्रसन्न रहने की है। देखने में वे गंभीर दिखाई देते हैं। स्वभाव से वे मृदु ही नहीं हैं, विनोदी भी हैं। परन्तु उनका विनोद भी बौद्धिक होता है। उनके साथी प्रोफेसरों में एक प्रोफेसर बहत अप्रिय था। वह बहत आडम्बरी व दिखावटी एवं बहुपरिमार्जित, अत्यधिक सांस्कारिक था। उसको लोग घमण्डी कहते थे। एक बार मैसूर सरकार के एक अधिकारी ने प्रो० राधाकृष्णन् से पूछा : "आपका उस व्यक्ति से कैसा सम्बन्ध है?" शिक्षक राधाकृष्णन् तुरंत जवाब देते हुए बोले : "बिल्कुल ठीक, पर हार्दिक नहीं।"

एक उनका साथी प्रोफेसर एक बैंक का डायरेक्टर था। बैंक फेल हो गया। इसपर प्रो० राधाकृष्णन् ने अपने मित्र प्रोफेसर को लक्ष्य करके टिप्पणी की : "बैंक फेल हो गया, पर 'क्ष' धनी हो गया है।" यह बात इस रीति से और लहजे में कही गई कि वह प्रोफेसर भी इस हंसी में शामिल हुए वगैर न रहा। फिर तो यह वाक्य ही वहां उसके मित्रों में प्रसिद्ध हो गया।

एक बार उनके छात्रों ने प्रोफेसर से पूछा : "क्या आपने कोई विदेशी परीक्षा भी पास की है, और विदेशी डिग्री ली है ?" शिक्षक प्रो० राधाकृष्णन् का जवाब था : "मैं यूरोप पढ़ने नहीं, पढ़ाने जाऊंगा।" इस आत्मविश्वास से दीप्त चेहरे को देखकर छात्र अत्यधिक प्रभावित हुए और वे हर्षोन्माद में ताली बजाने से रुक न सके।

मैसूर में उनके समान और कोई प्रोफेसर छात्रों में लोकप्रिय न था। मैसूर उन दिनों अब्राह्मण आंदोलन का गढ़ माना जाता था। प्रो० राधाकृष्णन् ब्राह्मण हैं। परन्तु इस कारण उनकी लोकप्रियता में कोई अन्तर न आया। छात्रों के प्रति आपका स्नेह स्वाभाविक और सहज था। उनकी वे हर प्रकार से सहायता करते थे। उस समय भी वे अनेकों को ज़रूरत पड़ने पर आर्थिक सहायता देते थे। छात्रों में जाति के आधार पर

भेद नहीं करते थे। सबसे है समान बर्ताव करते थे। अतः आप सब छात्रों की श्रद्धा और आदर के भाजन थे।

'नरवाहन' को अत्यन्त दुर्लभ माना गया है। राजा नहुष को यह प्राप्त हुआ था। पर उसको सांप बनना पड़ा। यहां एक युवा शिक्षक को बिना मांगे 'नरवाहन' प्राप्त आ। प्रो० राधाकृष्णन् इसके बाद भी वर्षों शिक्षक रहे। पर मैसूर के छात्रों ने उनका जितना सम्मान किया, उतना सम्मान उनको अन्यत्र नहीं मिला। यद्यपि यहां ये केवल तीन ही वर्ष रहे थे।

मैसूर के छात्रों ने उन्हें शुभ्र वस्त्रों में देखा, और समझा कि कोई पैगम्बर उनको पढ़ाने आया है। उन्होंने अपने प्रोफेसर को, शुद्धता, शुचिता और पवित्रता की मूर्ति के रूप में पाया। उनके इस समय के पढ़े छात्र आज भी उन दिनों को गौरव से याद करते हैं। उनको अभिमान है कि उन्होंने एक महान गुरु के चरणों में बैठकर शिक्षा पाई है।

छात्रों ने अपने प्रोफेसर को विशुद्धता और पूर्णता का प्रतीक माना। जब उनका प्रोफेसर पश्चिम के विचारकों, चिन्तकों और दार्शनिकों पर व्याख्यान देता था, उनके सिद्धांतों का विशुद्ध विवेचन करता था, तो वे उत्साह से और उत्सुकता-उत्फुल्ल होकर सुनते थे। वे अनुभव करते थे कि ज्ञान की पवित्र गंगा प्रवाहित हो रही है। उनपर उन भाषणों का यथार्थ, सच्चा और अमिट प्रभाव पड़ा।

आज भी छात्र उन दिनों की याद करते हैं, जब दर्शन के युवा प्रोफेसर ने 'स्पीनोजा' पर व्याख्यान देते हुए कहा था : "परमात्मा ने मनुष्य को उन्मत्त और गर्वीला बना दिया है।" व्याख्याता ने 'स्पीनोजा' की भावना और आत्मा छात्रों के हृदय में प्रतिष्ठित कर दी। 'स्पीनोजा' के दर्शन में एक रस है, यह छात्रों ने अनुभव किया। अनेकों का वह अध्ययन का प्रिय विषय बन गया, और उसको वे अपने जीवन के लिए शांतिदायी पाते रहे। यह सब हुआ इस महान शिक्षक के पढ़ाने के कारण।

युवा प्रोफेसर सदा अपने छात्रों को पढ़ाते हुए उत्साहित करते हुए कहता था : आकाश में उड़ते हुए, अपने पांव ज़मीन पर दृढ़ता से जमाए रखो, कभी उन्हें धरती पर से उठने मत दो। पढ़ाने में कोरी विद्वत्ता और भाषण की छटा ही नहीं होती थी, उसके साथ व्याख्याता का आन्तरिक उत्साह भी होता था।

प्रो० राधाकृष्णन् 'ट्युटोरियल क्लास' (थोड़ी-थोड़ी संख्या में एकत्र छात्रों को अपने विषय के प्रोफेसर से पाठ्य-पुस्तक पढ़ना, या व्याख्यान के कारण उत्पन्न शंकाओं को दूर करना) अपने घर में ही लिया करते थे। वहां सर्वथा घर का वातावरण होता था। चाय की चुस्कियों के साथ पढ़ाई होती थी, गम्भीर चर्चा चलती थी। वे कभी-कभी प्रसन्न होकर छात्रों की पीठ भी थपथपा देते थे। छात्रों को घर से विदा करते हुए उनमें से हरेक से हाथ मिलाते थे। छात्र प्रसन्न होकर अपने-अपने घर लौटते थे। छात्र-सुलभ होने से उनके व्यवहार ने छात्रों को मुग्ध कर दिया था।

प्रो० राधाकृष्णन् की ख्याति मैसूर-भर में हो गई थी। मैसूर शहर से बाहर रहनेवाले छात्र जब कभी मैसूर आते, दर्शन के प्रोफेसर के व्याख्यान को अवश्य सुनते। मैसूर के वर्तमान मुख्यमंत्री श्री निजलिंगप्पा को वे दिन आज भी याद हैं। वे बंगलौर में 'सेंट्रल कॉलेज ऑव साइंस' के छात्र थे, पर राधाकृष्णन् के भाषणों को सुनने के लिए यदा-कदा मैसूर जाते रहते और दर्शन के प्रोफेसर का व्याख्यान अवश्य सुनते।

प्रो० राधाकृष्णन् अपने छात्रों में से हरेक के नाम से परिचित थे। यही नहीं, उन्होंने हरेक का उपनाम भी रख दिया था। चवालीस साल बाद भी जब वे छात्र अपने भूतपूर्व प्रोफेसर से मिलते हैं, तो वह उन्हें आज भी उनके उपनामों से बुलाता है, और स्नेह से उनकी पीठ पर हाथ फेरता है। उसका वात्सल्य उनके प्रति आज भी नवीन है।

चवालीस साल बीत गए, परन्तु आज भी उनकी दृष्टि में उनका

प्रोफेसर युवा और नौजवान एवं नूतन ही दिखाई देता है। मैसूर के छात्र आज भी अपने प्रोफेसर को पिता-तुल्य मानते हैं। वे उससे अपनी बात कहने में संकोच नहीं करते। उन्हें अपने गुरु से कठिनाई का समाधान मिलता है। उनके सान्निध्य में बिताए क्षणों को सौभाग्यपूर्ण मानते हैं।

गुरु और शिष्यों के मध्य यह आत्मिक सम्बन्ध था। अतः जब प्रोफेसर राधाकृष्णन् ने कलकत्ता जाने का निश्चय किया और छात्रों को इसका पता लगा, तो उन्होंने अपने को अनाथ अनुभव किया। युवा विद्वान् प्रोफेसर के प्रति उनकी श्रद्धा, उनका अगाध प्रेम महासागर की तरह उमड़ पड़ा। उन्होंने आग्रह किया कि उनका प्रोफेसर गाड़ी पर अवश्य बैठे। उस गाड़ी को खींचने के लिए छात्रों में होड़ बंध गई। प्रो० राधाकृष्णन् के जीवन में यह एक अपूर्व क्षण था। श्रद्धा का सागर उसके चरणों में लोट रहा था। यहां विदाई के दुःख से दुखी छात्र अपने प्रोफेसर को श्रद्धाभरी विदाई दे रहे थे। स्टेशन उन्होंने अपने प्रोफेसर को नयनों में अश्रु भर कर पहुंचाया। एक गुरु की गाड़ी शिष्यगण प्रेम से खींचें—यह अद्भुत और अपूर्व दृश्य देखकर युवा प्रोफेसर के संगी-साथी प्रोफेसर भी विस्मित रह गए। यह एक अकल्पनीय दृश्य था।

मैसूर स्टेशन का प्लेटफार्म छात्रों से ठसाठस भरा हुआ था। प्लेटफार्म पर पांव रखने को तिल-भर भी कहीं स्थान नहीं था। छात्रों की आंखों में आंसू थे। राधाकृष्णन् अपने डब्बे के दरवाज़े पर खड़े थे। उनकी आंखें भी इस विदाई के क्षण भर आई थीं। छात्रों ने इस विदाई की घड़ी में भी अनुभव किया कि उनका हृदय और उनके गुरु का हृदय एक है। उनकी आत्माओं के बीच एक गहरा सम्बन्ध है। छात्रों के कंठ रुंधे थे। उनको अपने प्रोफेसर का हाथ आशीर्वाद देते हुए दिखाई देता था। वे ज़ोर से कहना चाहते थे, 'राधाकृष्णन् की जय', पर अपनी वाचा

रुद्ध पाते थे। रेल ने सीटी दी, इसके साथ उनका कंठ-स्वर भी फूटे बगैर न रहा। प्लेटफार्म गूंज उठा : "राधाकृष्णन् की जय।" रेलगाड़ी चल दी। छात्रों की आंखों ने उसका पीछा किया। उनका प्रिय प्रोफेसर जा रहा था। गाड़ी ने प्लेटफार्म छोड़ा, प्रोफेसर अदृश्य हो गया, पर वह अपना यश पीछे ही छोड़ गया था। वह जो ज्योति जगा गया था, उसका उज्ज्वल प्रकाश चमक रहा था।

युवा दार्शनिक

1920 में प्रोफेसर राधाकृष्णन् के दो ग्रन्थ 'दी रेन ऑव रिलीजन इन कांटेम्परेरी फिलासफी' और 'दी फिलासफी ऑव रवीन्द्रनाथ' प्रकाशित हुए। विश्वकवि रवीन्द्रनाथ को 1912 में नोबेल पुरस्कार 'गीतांजलि' पर प्राप्त हो चुका था। उनकी कविता का आधार उपनिषदों का तत्त्वज्ञान है। इसीलिए हिन्दू धर्म के प्रचारक और पुनरुद्धारक ने रवीन्द्र के तत्त्वज्ञान को अपने अध्ययन का विषय बनाया। इस पुस्तक ने युवा दार्शनिक को विश्वकवि का प्रिय बना दिया। शान्ति-निकेतन के कवि ने युवा प्रोफेसर को लिखा : "आपकी लिखी पुस्तक के सौन्दर्य के बारे में क्या कहूं ? मुझे सन्देह है, और कोई भी इतनी सुन्दर पुस्तक मेरे तत्त्वज्ञान के विषय में लिख सकता है या नहीं।"

इन दो पुस्तकों के अतिरिक्त 'माइण्ड' पत्रिका में 'बर्गसन' के तत्त्वज्ञान पर धारावाहिक कई लेख लिखे। युवा दार्शनिक की विद्वत्ता को लो० तिलक ने भी स्वीकार किया और अपने प्रसिद्ध ग्रंथ 'गीतारहस्य' (1916 में प्रकाशित) में उनके लेखों से उद्धरण लिए। इससे युवा प्रोफेसर को जो आल्हाद हुआ होगा उसकी कल्पना की जा सकती है। युवा दार्शनिक की प्रतिभा को सर्वप्रथम भारत ने पहचाना और स्वीकार

किया, यह बात ध्यान देने की है। राधाकृष्णन् को पहले पश्चिम ने नहीं, भारत ने पहचाना और उनका आदर किया। 'गीता-रहस्य' इसका प्रमाण है। प्रो० राधाकृष्णन् इस समय मद्रास में थे। वहां से उन्होंने जो पत्र लो० तिलक को लिखा था, वह पत्र आज भी 'केसरी' प्रेस में सुरक्षित है। इससे दार्शनिक की लोकमान्य के प्रति अपार श्रद्धा व्यक्त होती है। इससे ज्ञात होता है कि युवा दार्शनिक स्वराज्य संग्राम से युवावस्था से ही प्रभावित था और उसपर एक चिन्तक की दृष्टि रखता था।

प्रो० डॉ० राधाकृष्णन् का नाम और यश विद्युत् वेग से फैल रहा था। कलकत्ता विश्वविद्यालय को परीक्षा लेनेवाले विश्वविद्यालय से अध्ययन-अध्यापन और अनुसन्धान के केन्द्र में परिणत करनेवाले और लार्ड कर्ज़न के दुःस्वप्नों को नष्ट करनेवाले और 'इंडियन यूनिवर्सिटीज़ एक्ट, 1904' को सर्वथा रूपान्तरित करनेवाले सर आशुतोष मुकर्जी की दृष्टि इस 32 वर्ष के युवा पर पड़ी।

सर आशुतोष मुकर्जी भारत के एक महान् शिक्षाशास्त्री हुए हैं। वे लार्ड कर्ज़न के विरोध में भी डटे रहे। वे कलकत्ता विश्वविद्यालय को ज्ञान-विज्ञान का एक भव्य मन्दिर बनाना चाहते थे। उनकी इच्छा थी कि कलकत्ता विश्वविद्यालय में भारत के कोने-कोने से योग्यतम युवा 'ऋत्विक' बुलाए जाएं, जो ज्ञान की मशाल को सदा प्रज्वलित रखें। उनकी दृष्टि अचूक थी। इस कार्य के लिए वे युवक प्रतिभा को चुनते थे। उनकी ही दूरदृष्टि थी, जिसने चन्द्रशेखर वेंकट रमन, एस० के० मित्र को, एस० एन० बोस, मेघनाद साहा, एच० सी० राय चौधरी प्रभृति युवकों को विश्वविद्यालय में बुलाया। ये सब लोग बाद में प्रसिद्ध हुए। जब विश्वविद्यालय में वे बुलाए गए थे, तब विश्व उनकी प्रतिभा और ज्ञान-गरिमा से अपरिचत था। भविष्य में ये महान सिद्ध होंगे, यह सर आशुतोष की दृष्टि ने ही पहचाना था।

कलकत्ता विश्वविद्यालय में 'पोस्ट ग्रेजुएट डिपार्टमेंट' की स्थापना

सर आशुतोष मुकर्जी ने ही की थी। इसमें ही पढ़ाने ने लिए उन्होंने प्रतिभाशाली पर अज्ञात युवकों को चुना। कलकत्ता विश्वविद्यालय में एक 'पीठ' जार्ज 5 'प्रोफेसर ऑव फिलासफी' की थी। इसके पहले प्रोफेसर डा० ब्रजेन्द्रनाथ सील (इस साल 1964 में आपकी जन्मशताब्दी मनाई गई है) मैसूर विश्वविद्यालय के वाइस चांसलर (कुलपति) होकर मैसूर चले गए थे। इस रिक्त जगह के वास्ते सर आशुतोष मुकर्जी ने प्रो० राधाकृष्णन् को चुना।

सर आशुतोष मुकर्जी मैसूर विश्वविद्यालय का दीक्षांत भाषण देने मैसूर जा रहे थे। रास्ते में मद्रास में अपने मित्र व लिबरल नेता सर शिवस्वामी अय्यर के यहां ठहरे। यहां उन्होंने पता करवाया कि युवा दार्शनिक मद्रास में है या नहीं। राधाकृष्णन् उस समय वहां न थे। अतः भारत के महान शिक्षाशास्त्री ने सर शिवस्वामी अय्यर को यह काम सौंपा कि वे राधाकृष्णन् से एक प्रार्थना-पत्र लेकर कलकत्ता विश्वविद्यालय को दर्शन की 'पीठ' (चेयर) के वास्ते भिजवा दें।

सीनेट ने प्रोफेसर का चुनाव करने के लिए एक विशेष कमेटी नियुक्त की थी। जार्ज 5 'प्रोफेसर ऑव फिलासफी' के लिए प्रार्थियों में अनेक प्रसिद्ध विद्वान् भी थे। तत्त्वज्ञान के क्षेत्र में वे अपनी छाप बिठा चुके थे। परन्तु विशेष कमेटी ने श्री राधाकृष्णन् एम० ए० को उस 'पीठ' के लिए चुना। सीनेट, सिंडीकेट और भारत सरकार ने इस नियुक्ति का समर्थन किया और सम्पुष्ट किया। डा० सील की जगह एक युवा की नियुक्ति से अनेक व्यक्ति चकित हो गए। इस नियुक्ति की कड़ी आलोचना भी हुई। इन प्रतिकूल आलोचनाओं में प्रान्तीयता का भाव भी था, यह भी स्वीकार करना चाहिए ।

राधाकृष्णन् के जीवन में यह एक अत्यन्त भाग्यपूर्ण क्षण था। उन्होंने स्वतः इसको अत्यन्त महत्त्वपूर्ण घड़ी माना है। अब वे सीढ़ी के उस डंडे पर खड़े थे, जहां खड़े वे दुनिया-भर को दिखाई देते थे। विश्व के रंगमंच

पर दार्शनिक राधाकृष्णन् ने इस रीति से प्रवेश किया। यहां पर लाकर खड़ा करने का श्रेय कलकत्ता विश्वविद्यालय को प्राप्त है, अतः उसके प्रति राष्ट्रपति होने पर, वह गर्व अनुभव करें, तो क्या आश्चर्य है ? भारत के प्रथम राष्ट्रपति डा० राजेन्द्रप्रसाद भी इसी विश्वविद्यालय के विद्या-स्नातक थे।

इस बारे में एक रोचक बात यह है कि कलकत्ता विश्वविद्यालय द्वारा प्रो० राधाकृष्णन् की योग्यता स्वीकार करने पर ही भारत-मंत्री ने प्रो० राधाकृष्णन् को इंडियन एजुकेशन सर्विस (आई० ई० एस०) में लेना स्वीकार किया। पर यह भी सशर्त था। यह स्थायी नहीं था। इसपर पुनर्विचार करने की गुंजाइश रखी गई थी। इस ख्याति और नियुक्ति के बाद भी 'गवर्नमेंट ट्रेनिंग कालेज, राजमुंद्री' में अवर प्रोफेसर नियुक्त किए गए थे। सम्भवतः इसका कारण यह था कि आपने इस कालेज से 'टीचर ट्रेनिंग डिप्लोमा' प्राप्त किया था। परन्तु इसका कलकत्ता विश्वविद्यालय की नियुक्ति पर कोई प्रभाव नहीं पड़ा।

कलकत्ता में आने पर भी दार्शनिक प्रोफेसर ने अपने को कक्षा तक ही सीमित रखा। छात्र-वर्ग प्रसन्न था। उस समय के अनेक छात्र आज ख्याति-प्राप्त व्यक्ति हैं। गुरु और शिष्य दोनों एक-दूसरे को स्नेह और आदर से देखते और स्मरण करते हैं। इस समय के छात्र आज भी श्रद्धा से अपने दार्शनिक प्रोफेसर को स्मरण करते हैं। दर्शन के प्रो० के व्याख्यान के समय छात्रों की बड़ी भीड़ रहती थी। अन्य विषयों के छात्र भी व्याख्यान सुनने को आते थे। दार्शनिक, प्रोफेसर की ख्याति कलकत्ता-भर में फैल गई। पर प्रोफेसर का कार्यक्षेत्र अध्ययन-अध्यापन तक सीमित था। सर आशुतोष मुकर्जी ने एक दिन प्रोफेसर को बुलाया और कहा कि वह विश्वविद्यालय के अन्य क्रिया-कलापों और सभा-सोसाइटियों में भाग लें। यह उनके अपने हित में श्रेयस्कर सिद्ध होगा। फलतः वे विश्वविद्यालय की विभिन्न कमेटियों में भाग लेने लगे।

कलकत्ता विश्वविद्यालय ने उनको 1936 में ब्रिटिश साम्राज्य के विश्वविद्यालयों की कांफ्रेंस में अपना प्रतिनिधि बनाकर भेजा। इस यूरोपियन यात्रा में प्रो० की मैत्री डा० श्यामाप्रसाद मुकर्जी के साथ गहरी हो गई और यह डा० मुकर्जी के जीवन-पर्यन्त रही। सर आशुतोष मुकर्जी की मृत्यु के बाद प्रो० राधाकृष्णन् को 'पोस्ट ग्रेजुएट कौंसिल इन आर्ट्स' का 1927, 1928 और 1930 में अध्यक्ष चुना गया।

कलकत्ता विश्वविद्यालय के प्रोफेसर के ही नाते प्रो० राधाकृष्णन् अन्तर्राष्ट्रीय फिलासफी कांग्रेस, हार्वर्ड यूनिवर्सिटी में सम्मिलित हुए। यहां आपके भाषणों का अमेरिका पर बहुत प्रभाव पड़ा। अमेरिका ने आपके रूप में स्वामी विवेकानन्द के पुनरुदय को देखा।

कलकत्ता में एक बार एक यूरोपियन विद्वान् ग्रीक दर्शन पर व्याख्यान देने आया। उसके व्याख्यानों में सभापति राधाकृष्णन् होते थे। व्याख्याता पचास मिनट बोला, पर श्रोता कुछ भी समझ नहीं पाए। प्रो० राधाकृष्णन् ने श्रोताओं की कठिनाई को अनुभव किया। प्रोफेसर ने व्याख्याता के व्याख्यान का सार दस मिनट में दिया, और श्रोता संतुष्ट हो गए।

विश्वविद्यालय की विभिन्न कमेटियों में दार्शनिक प्रोफेसर भाग लेता था, पर मौन, किन्तु सतर्क दर्शक ही रहता था। उन दिनों 'पी-एच०डी०', 'डी०एस-सी०' की उपाधि बहुत कम को दी जाती थी, अतः इसका पाना अत्यंत महत्त्वपूर्ण माना जाता था। पर कलकत्ता विश्वविद्यालय का 'प्रेमचंद रायचन्द स्टुडेंटशिप' (पी०आर०एस०) पाना और अधिक आकर्षक माना जाता था। इसके वास्ते आयु की कोई बाधा नहीं थी। यह निबंध स्वीकार करने पर प्रदान की जाती थी। कलकत्ता से बाहर रहनेवाले परीक्षकों को विश्वविद्यालय यात्रा-व्यय नहीं देता था। अतः 'पी०आर०एस० बोर्ड' के सदस्य इसकी बैठकों में उपस्थित नहीं होते थे। 'पी०आर०एस० बोर्ड' की एक बैठक में बम्बई का एक प्रोफेसर नहीं आया। वह निबंध परीक्षकों में से एक था। प्रतियोगिता में आए निबंधों

में उपस्थित सदस्यों ने आपत्ति उठाई कि यह निबंध एक संपूर्ण पुस्तक है, अतः इसको 'स्टुडेंटशिप' नहीं दी जा सकती। प्रो० राधाकृष्णन् ने अब तक इस बहस में कोई भाग नहीं लिया था। वे एक सतर्क श्रोतामात्र थे। निबंध-लेखक को पुरस्कार प्रदान करने का प्रश्न आया तो उन्होंने कहा कि प्रार्थी का प्रार्थना-पत्र पढ़ा जाए, शायद उसमें उसने अपने भावी कार्य की दिशा बताई हो। प्रार्थना-पत्र पढ़ा गया और बोर्ड संतुष्ट हो गया। पुरस्कार सर्वोत्तम निबन्ध-लेखक को मिला। प्रो० राधाकृष्णन् की न्याय-वृत्ति ने उचित न्याय का मार्ग निकाला।

विश्वविद्यालय के जीवन से दार्शनिक प्रोफेसर समरस हो गया था। प्रो० राधाकृष्णन् ने 'आर्ट्स फैकल्टी क्लब' की स्थापना की। यह पूर्णतः लोकतांत्रिक संस्था थी। बहुत सालों तक इसने बहुत अच्छा कार्य किया। सीनेट हाल में दिए गए प्रो० सर्वपल्ली राधाकृष्णन् के भाषण भी छात्रों के कानों में बहुत दिनों तक गूंजते रहे थे। सीनेट हाल की सीढ़ियां सौभाग्यशाली हैं, क्योंकि वे दार्शनिक प्रोफेसर राधाकृष्णन् के अतिरिक्त ईश्वरचन्द्र विद्यासागर, रवीन्द्रनाथ ठाकुर, राजेन्द्रलाल मित्र, सुरेन्द्रनाथ बनर्जी, रासबिहारी घोष, गुरुदास बनर्जी, कृष्ण कमल भट्टाचार्य, आशुतोष मुकर्जी, राखालदास बनर्जी, सिलवन लेवी, डा० भण्डारकर, ब्रजेन्द्रनाथ सील, तारपोरवाला, सर सी० बी० रमण आदि सदृश विख्यात भारतीय और विदेशी विद्वानों की पदधूलि से पवित्र हुई हैं।

कलकत्ता में रहते हुए भी प्रो० राधाकृष्णन् ने अपने रहने और खान-पान का तरीका नहीं बदला। आल इंडिया ओरियंटल कांफ्रेंस के प्रतिनिधियों को प्रो० राधाकृष्णन् ने अपने घर पर भोजन का निमंत्रण दिया था। केले के पत्तों पर सबने नीचे बैठकर दक्षिण के ढंग पर खाना खाया। प्रतिनिधियों में अंग्रेज़ी, तमिल, तेलुगु, हिन्दी, बंगला, मराठी आदि सभी भाषाओं के बोलनेवाले थे। प्रत्येक ने ऐसा

अनुभव किया कि वह अपने घर में भोजन कर रहा है। यह प्रोफेसर का सनातन व प्राचीनता के प्रति प्रेम प्रकट करता है। इससे ज्ञात होगा कि प्रकृति से राष्ट्रपति राधाकृष्णन् अपरिवर्तनवादी हैं, पर कट्टर नहीं हैं।

कुलपति

आंध्र विश्वविद्यालय की स्थापना 1926 में हुई थी। इसके प्रथम 'वाइस-चांसलर' श्री सी० आर० रेड्डी ने राजनीतिक कारणों से अपने पद से त्यागपत्र दे दिया था। श्री रेड्डी आंध्र के एक विख्यात प्रतिभाशाली, असाधारण विद्वान् और महान वक्ता थे। उनके स्थान की पूर्ति करना सरल नहीं था। कुछ लोगों का ध्यान प्रो० सर्वपल्ली राधाकृष्णन् की ओर गया। पर प्रश्न यह था, क्या कलकत्ता विश्वविद्यालय सदश संस्था की प्रोफेसरी छोड़कर वे आंध्र आना पसन्द करेंगे। दूसरी बात यह थी, क्या चुनाव लड़ना पसन्द करेंगे। मित्रों ने प्रो० राधाकृष्णन् को चुनाव लड़ने के लिए तैयार किया। प्रो० राधाकृष्णन् विख्यात व्यवित हो गए थे, अंतर्राष्ट्रीय क्षेत्र में उनका नाम था। अखिल भारतीय ख्याति का व्यक्ति आंध्र विश्वविद्यालय को प्राप्त हो रहा था। सीनेट ने प्रचंड बहुमत से राधाकृष्णन् को आंध्र विश्वविद्यालय का 'कुलपति' चुना था। मई, 1931 में राधाकृष्णन् ने अपना कार्यभार संभाला।

आंध्र विश्वविद्यालय केवल परीक्षा लेनेवाला विश्वविद्यालय नहीं था। इसका निर्माण सहछात्रावास विश्वविद्यालय के रूप में होना था, और विश्वविद्यालय को शिक्षा और अनुसंधान का केन्द्र भी होना था। प्रो० राधाकृष्णन् ने जब कार्यभार संभाला, तब विश्वविद्यालय केवल परीक्षा लेने की एक एजेंसी-भर था। उस समय वहां न भवन थे, न प्रयोगशालाएं

थीं और न ही वहां कोई पुस्तकालय था। सब कुछ नये सिरे से प्रारंभ करना था। प्रो० राधाकृष्णन् की क्षमता, शक्ति और सामर्थ्य का यहां अद्भुत रूप से परिचय मिला। दिन-भर पुस्तकों में रमनेवाला व्यक्ति शासनपटु और प्रबंधकुशल भी है, यह यहां प्रकट हुआ, और लोग चकित रह गए, जब सम्भव अल्पतम समय में आंध्र विश्वविद्यालय शिक्षा और अनुसंधान का केन्द्र हो गया। वहां के शिक्षकों ने अनुभव किया कि प्रो० राधाकृष्णन् वस्तुतः यथार्थ अर्थों में, प्राचीन ऋषियों के समान 'एक' कुलपति हैं।

विज्ञान और यंत्र-तंत्र ज्ञान-शास्त्र (टेकनालाजी) की आवश्यकता अनुभव करते हुए भी, यह देखकर कि इनके वास्ते विशाल इमारतें चाहिए, और प्रयोगशालाएं चाहिए, प्रो० राधाकृष्णन् ने कार्यभार ग्रहण करने के दो मास के भीतर-भीतर, इतिहास, अर्थशास्त्र, राजनीतिशास्त्र और तेलुगु के विभाग प्रारंभ करा दिए। प्रारंभ में ये किराये के मकानों में रखे गए।

योग्य शिक्षकों की नियुक्ति करते समय एकमात्र योग्यता का विचार किया, स्थानीय प्रतिभा को प्रोत्साहन देते हुए भी भारत-भर से विद्वानों को वहां बुलाया। सर जहांगीर कोयाजी (अर्थशास्त्र), प्रो० हीरेन मुकर्जी, हूमायुन कबीर, डा०लंका सुन्दरम्, डा० भगवन्तम्, डा० शेषाद्रि, डा० वी० के० आर० वी० राव सदृश विद्वान् व्यक्तियों को विश्वविद्यालय में शिक्षक नियुक्त किया। इससे शिक्षाजगत् में आंध्र विश्वविद्यालय का स्थान एकदम ऊंचा हो गया।

1931 का वर्ष ही नहीं, उसके बाद के वर्ष भी देश-भर में उत्तेजनापूर्ण थे। सरकार खद्दरधारियों को शक से देखती थी। खद्दर उस समय राजद्रोह का चिह्न माना जाता था। आंध्र विश्वविद्यालय के नये नियुक्त प्रोफेसरों में एक खद्दरधारी भी था। कुलपति राधाकृष्णन् के सामने विकट समस्या थी। एक ओर विदेशी सरकार उनपर ज़ोर डाल रही थी कि उस व्यक्ति को जवाब दे दिया जाए, दूसरी ओर देश की राष्ट्रीय जाग्रत् भावना उसको

रखने का आग्रह कर रही थी। इस विरोध में दोनों को प्रसन्न रखना और विश्वविद्यालय की आंतरिक स्वाधीनता की रक्षा करना सरल कार्य नहीं था। परंतु इस कठिन कार्य को कुलपति ने सहज भाव से, और बड़ी निपुणता से किया। विश्वविद्यालय में कुलपति ने सदा शिक्षकों के हितों की रक्षा की।

विश्वविद्यालय के वास्ते भवनों की आवश्यकता थी। इसके वास्ते अद्भुत संगठन-शक्ति की आवश्यकता थी। कुलपति ने पहले एक योग्यतम और विश्वस्त व ईमानदार इंजीनियर चुना। उसपर पूर्णतः विश्वास किया। उसको आवश्यक निधि दे दी। मकान बनाने के बारे में उसको उपक्रम करने का अधिकार दिया और अनेक छोटी पूछ-ताछ से मुक्त कर दिया। इसका फल यह हुआ कि दूसरे शिक्षासत्र के प्रारंभ में शानदार भवन बनकर तैयार हो गए। 'आर्टस विभाग' किराये के मकान से उठकर अपने मकान में आ गए और विज्ञान विभाग प्रारंभ हो गया।

छात्रावास में कुलपति ने क्रान्तिकारी परिवर्तन किया। परिवर्तन करने से पहले वार्डन की राय ले ली थी। इससे पहले रसोईघर की व्यवस्था जाति और समुदाय के आधार पर होती थी। कुलपति ने सबके वास्ते एक रसोईघर कर दिया। जातीय साम्प्रदायिक रसोई-व्यवस्था का अन्त कर दिया। विश्वविद्यालय के छात्रावास में प्रारंभ से ही सार्वदेशिकता बरती गई। इससे छात्रों में एकता उत्पन्न हुई। राष्ट्रीय एकता की शक्तियों का बल बढ़ा। कुलपति राधाकृष्णन् का यह क्रांतिकारी कार्य आज से 32 साल पहले प्रारंभ हुआ था। उत्तर भारत के लोग शायद इस कार्य के महत्त्व को न समझ सकें, पर जहां अब्राह्मण आन्दोलन चलता हो, वहां यह व्यवस्था वस्तुतः क्रांतिकारी थी, और सर्वथा नई व अनूठी थी।

कुलपति राधाकृष्णन् की कार्य-क्षमता देखकर शिक्षक चकित थ। आंध्र विश्वविद्यालय के कुलपति होते हुए भी वे कलकत्ता विश्वविद्यालय के दर्शन के प्रोफेसर बने हुए थे। राष्ट्रसंघ की बौद्धिक सहकार समिति के

भी आप सदस्य थे, अतः जेनीवा यदा-कदा जाना पड़ता था। इंग्लैंड की अनेक संस्थाओं से सम्बन्ध था और व्याख्यान देने का क्रम भी जारी रहता था। सब काम वे सहज भाव से करते थे। इतना काम करने पर भी थकान अनुभव नहीं करते थे। सब कामों को पूरी ज़िम्मेदारी और बड़ी सुन्दरता के साथ करते थे। यह सब काम वे कैसे कर लेते हैं, यह उनके सहयोगी शिक्षक समझने में असमर्थ थे।

वे चटपट काम निपटाने में कुशल थे। बहुत काम वे सहज अनुभूति और अन्तःकरण की प्रेरणा से करते थे। सीनेट और सिण्डीकेट की बैठकों में लम्बा-चौड़ा कार्यक्रम होने पर भी वे सारा काम बड़ी सावधानी से थोड़े समय में निपटा देते थे। फिर किसीको शिकायत नहीं होती थी। वे स्वतः कभी उत्तेजित न होते थे और न कभी कुपित होते थे। उनका व्यवहार सबके प्रति पितृवत् और स्नेहपूर्ण होता था। उनका चुटीला विनोद भी सदस्यों को प्रसन्न रखता था। विश्वविद्यालय की विभिन्न कमेटियों की अध्यक्षता करते हुए भी राज्यसभा का आदर्श अध्यक्ष होने की योग्यता सम्पादित की।

कुलपति की वैयक्तिक मैत्री का लाभ भी विश्वविद्यालय को मिला। भारत से जब वे बाहर होते थे, तो उनके ये मित्र, सिण्डीकेट के सदस्य, उनके प्रति श्रद्धा और स्नेह रखने के कारण, उनकी नीतियों का पूर्णतः पालन करते थे। अतः कुलपति की अनुपस्थिति में भी विश्वविद्यालय का काम पहले के समान शांत रीति से चलता रहता था। जयपुर के महाराजा विक्रमदेव वर्मा कुलपति को बहुत मानते थे। कुलपति राधाकृष्णन् ने उनको परामर्श दिया कि वे विश्वविद्यालय को एक लाख का आवर्तक दान दें। यह दान विज्ञान-विभाग के लिए था। विज्ञान और यंत्र-तंत्र-विज्ञान (टेकनालाजी) के विभाग जहां थे, उनका नाम श्री विक्रम देव के नाम पर कर दिया गया। महाराजा आजीवन प्रतिवर्ष एक लाख रुपये विश्वविद्यालय को देते रहे। राष्ट्रपति के मित्र उनके वचन का कितना

आदर करते हैं, यह इससे प्रकट है।

शिक्षक कुलपति से सदा प्रसन्न रहते थे, क्योंकि कुलपति का उनके प्रति व्यवहार अपने एक संगी-साथी के समान होता था। वे उनको अपने महान कार्य, युवा पीढ़ी के निर्माण में, आधुनिक भारत के निर्माण के कार्य में अपना सहयोगी और साथी मानते थे। इसलिए शिक्षकों का बड़ा आदर करते थे। कोई भी शिक्षक कुलपति से जब चाहे मिल सकता था। वे उनसे इस प्रकार बातें करते थे जैसे उनके परिवार का अंग हों। वे अजातशत्रु थे। यद्यपि उनके निर्णयों में दृढ़ता रहती थी, परन्तु वे सदा शिष्ट, मृदु और प्रसन्न भाव से व्यवहार करते थे ।

कुलपति राधाकृष्णन् के समय विश्वविद्यालय में किसी किस्म की पार्टीबन्दी, गुटबन्दी नहीं थी। यद्यपि बाद में यह विश्वविद्यालय भी इस दोष से मुक्त नहीं रहा। विश्वविद्यालय का प्रत्येक शिक्षक, प्रबन्धक और कार्यकर्ता प्रो० राधाकृष्णन् को प्राचीन भारत के 'कुलपति' के रूप में देखता था।

1935 में आंध्र विश्वविद्यालय और कुलपति राधाकृष्णन् के सामने एक बड़ी विकट समस्या आई। 'इण्डियन मेडिकल कौंसिल' ने एक पत्र भेजा कि मेडिकल कालेज और विशाखापत्तनम के हस्पताल में उचित सुविधाओं और प्रशिक्षण के अभाव में आंध्र विश्वविद्यालय द्वारा दी गई 'मेडिकल डिग्री' को स्वीकार न किया जाएगा। कुलपति के लिए आवश्यक हो गया कि 'कौंसिल' द्वारा विहित प्रतिमान की व्यवस्था मेडिकल कालेज में की जाए। आपने मद्रास सरकार को लिखा कि वह 'मेडिकल कौंसिल' की बताई व्यवस्था को पूरा करने योग्य निधि दे। कालेज और हस्पताल की उन्नति के लिए अन्यून, चार-पांच लाख रुपये की ज़रूरत थी। मद्रास सरकार ने रुपया देने में असमर्थता प्रकट की। 'कुलपति' राधाकृष्णन् मद्रास पहुंचे। वे वैयक्तिक रूप से गवर्नर और मंत्री से मिले और कहा कि आवश्यक रकम की व्यवस्था तुरन्त होनी

चाहिए। कुलपति की अपील और प्रेरणा का तत्काल कोई प्रभाव नहीं हुआ, क्योंकि वित्त-प्रबन्ध उन दिनों सपरिषद् गवर्नर के हाथ में था। कुलपति विशाखापत्तनम लौट आए। परन्तु मेडिकल कौंसिल के आग्रह और आंध्र विश्वविद्यालय के हित की प्रेरणा से 'कुलपति' पुनः मद्रास गए। इस बार आप अर्थ-सदस्य और मुख्यमंत्री से मिले और उनसे मिलकर कहा कि 'मेडिकल कौंसिल' द्वारा निर्दिष्ट सुधार अवश्य किए जाने चाहिए। लेकिन इस बार भी उनको इंकार कर दिया गया। हताश कुलपति ने गवर्नर, अर्थ-सदस्य और मुख्यमंत्री से विदा लेते हुए, उनके ही मुख पर कहा था, यह समाधि-लेख लिखा जाएगाः "डब्ल्यू (गवर्नर) और पी० (मंत्री) ने मेडिकल कालेज, विशाखापत्तनम की स्थापना की, और ई (गवर्नर) और बी (मंत्री) ने मेडिकल कालेज को ढाह दिया।"

अगले दिन मद्रास सरकार का पत्र 'कुलपति' को मिला, इण्डियन मेडिकल कौंसिल द्वारा निर्दष्ट सुधारों को करने के लिए आवश्यक रकम मंजूर कर दी गई है। मानव-मन में गहराई तक जाने की राष्ट्रपति की क्षमता का इससे अच्छा परिचय मिलता है।

प्रो० राधाकृष्णन् के गम्भीर अध्ययन और दर्शन के विशदीकरण से वायसराय लार्ड इरविन अत्यधिक प्रभावित हुए थे। अतः आपने राष्ट्रसंघ की बौद्धिक सहकार कमेटी में भारत का प्रतिनिधित्व करने के लिए कुलपति राधाकृष्णन् को चुना था।

'एथेनैपम', वालटेयर, आंध्र विश्वविद्यालय के छात्रों की एक सभा थी। 'कुलपति' राधाकृष्णन् इसके सभापति थे। परन्तु मंत्री कोई न कोई छात्र होता था। कुलपति जब सभा के सभापित होते थे, तब मंत्री को कोई काम नहीं करना पड़ता था। जैसे किसी वक्ता को धन्यवाद देने का प्रश्न आता। वे मंत्री को बुलाकर पूछते कि धन्यवाद का प्रस्ताव तुम करोगे कि मैं करूं। मंत्री का जवाब होता, आप ही कीजिए, और इस प्रकार कुलपति मंत्री का काम हल्का कर देते थे। छात्रों की हर प्रकार से

हर समय सहायता करने को तत्पर रहते थे।

नियोजन कमीशन के सदस्य और प्रसिद्ध अर्थशास्त्री डा० वी० के० आर० वी० राव आक्रामक प्रकृति के युवा थे। लन्दन से डाक्टेरेट लेकर सीधे वे 'कुलपति' के पास पहुंचे। कुलपति उनको अपने साथ एक सिनेमा दिखाने ले गए, और कोहनूर रेस्तरां में भोजन कराया। 'कुलपति' के इस पितृतुल्य व्यवहार ने डा० राव को बदल दिया। उनका मन कृतज्ञता से पूर्ण हो गया और उन्होंने निश्चय किया कि उनको शक्ति-भर सर्वोत्तम करके दिखाना चाहिए। मानवीय सहानुभूति के स्पर्श ने सुप्त उत्साह को जगा दिया।

देखा गया है, जब किसीका उत्कर्ष होता है, और भाग्योदय होता है, तो बराबर उत्तरोत्तर होता ही रहता है। मैसूर से कलकत्ता आने पर प्रो० सर्वपल्ली राधाकृष्णन् के जीवन में भी यही हुआ। किसी शिक्षक को यह अवसर और सम्मान प्राप्त हुआ है या नहीं, यह नहीं कहा जा सकता। प्रो० राधाकृष्णन् आक्सफोर्ड विश्वविद्यालय में 'स्पालडिंग चेयर ऑव ईस्टर्न रिलीजन एण्ड एथिक्स' के प्रोफेसर थे। इधर कलकत्ता विश्वविद्यालय में भी वे दर्शन के प्रोफेसर थे। जनवरी से जून तक प्रोफेसर इंग्लैण्ड में रहते थे। एक ही व्यक्ति एक ही समय में दो महादेशों के दो विश्वविद्यालयों में प्रोफेसर हो, यह एक अपूर्व बात थी। राधाकृष्णन् की अगाध विद्वत्ता ही इस अपूर्व स्थिति का कारण थी। 1932 से 1941 तक यह क्रम चला। दूसरे महायुद्ध के कारण यह सिलसिला टूटा।

हिन्दू विश्वविद्यालय महामना मालवीयजी की शक्ति और भक्ति का प्रतीक है। महामना का, 'कायाकल्प' कराने के बाद, स्वास्थ्य एकदम से गिर गया। महामना मालवीयजी ने म० गांधी के परामर्श पर सर सर्वपल्ली राधाकृष्णन् को हिन्दू विश्वविद्यालय का 'कुलपति' बनाने का निश्चय किया। महामना इसको इतना अत्यधिक आवश्यक मानते थे कि अपने स्वास्थ्य की चिन्ता न करके स्वतः कलकत्ता गए। रोग-शय्या पर ही वे

सर्वपल्ली राधाकृष्णन् से मिले। महामना ने विश्वविद्यालय का 'कुलपति' बनने का अनुरोध किया। वयोवृद्ध रोगी महामना ने प्रोफेसर का हाथ अपने हाथ में लिया। भारत के महानतम ब्राह्मण को इस मौके पर भी मुंहमांगी भीख मिल गई। प्रोफेसर कुछ देर के लिए झिझका, पर वह झुक गया। भारत के भिखारी के आगे अपनी पराजय मानी। मुंहमांगा वेतन देने की बात भी कही। राधाकृष्णन् के लिए महामना मालवीय के अनुरोध की अवहेलना करना सम्भव नहीं रहा। परन्तु उन्होंने कहा कि हिन्दू विश्वविद्यालय एक राष्ट्रीय संस्था हैं। वे उससे वेतन नहीं ले सकते। वे सेवा करेंगे, पर अवैतनिक ही। 1939 में सर्वपल्ली डा० राधाकृष्णन् ने हिन्दू विश्वविद्यालय का 'कुलपति' पद स्वीकार कर लिया। परन्तु कलकत्ता विश्वविद्यालय से उनका सम्बन्ध बना रहा। फलतः हर सप्ताह के अंत में कलकत्ता से बाराणसी जाते और हिन्दू विश्वविद्यालय का काम देखते। कलकत्ता में वे पढ़ाते थे, काशी में विश्वविद्यालय का प्रबंध देखते थे। 1939 और 1940 में वे कलकत्ता, आक्सफोर्ड, काशी इन तीन जगहों में घूमते थ। कलकत्ता ने उनको विश्व-व्यक्ति बना दिया था। ब्रिटिश अकादमी की 'फैलोशिप' और 'फैलोशिप ऑव आल सोल्स' यहीं रहते हुए प्राप्त हुईं। ये 'फैलोशिप' विद्वानों के लिए विलोभनीय हैं।

हिन्दू विश्वविद्यालय का काम बढ़ रहा था। वहां कुलपति के लिए निवास-भवन बनकर तैयार हो गया था। अतः राधाकृष्णन् ने दुःखी हृदय से कलकत्ता विश्वविद्यालय के प्रोफेसर पद से त्यागपत्र दे दिया। 20 मार्च, 1941 ई० को इस्तीफा दिया। लगभग बीस साल राधाकृष्णन् यहां रहे। त्यागपत्र में आपने लिखा था : मैंने अपने जीवन का सर्वोत्तम भाग कलकत्ता विश्वविद्यालय और बंगाल की जनता की सेवा को अर्पित किया है। जुलाई, 1940 से यह सम्बन्ध टूट रहा है, पर मैं विश्वास दिलाता हूं, आपके प्रति मेरे हृदय में सदा प्रेम बना रहेगा।

जुलाई, 1962 में राष्ट्रपति राधाकृष्णन् जब कलकत्ता गए थे,

उस समय भी आपने कलकत्ता विश्वविद्यालय के प्रति विनम्रतापूर्ण कृतज्ञता प्रकट की थी, और कहा था कि सन् 1920 में जब महान सर आशुतोष मुकर्जी उनको यहां लाए थे, तब से विश्वविद्यालय के अधिकारियों ने उनको सदा प्रोत्साहन दिया और हर प्रकार की सुविधाएं प्रदान की।

कलकत्ता विश्वविद्यालय ने भी उनको भुलाया नहीं। विदाई के समय उनको 'एल० एल० डी०' को सम्मानपूर्ण उपाधि प्रदान की। सन् 1946 में डाक्टर राधाकृष्णन् कलकत्ता विश्वविद्यालय के 'ऑनरेरी फैलो' बनाए गए। सन् 1937 में आपने 'कमला व्याख्यानमाला' में 'धर्म और समाज' विषय पर व्याख्यान दिया। कलकत्ता विश्वविद्यालय की शताब्दी पर आपको दीक्षान्त भाषण देने के लिए विश्वविद्यालय ने आमंत्रित किया।

हिन्दू विश्वविद्यालय में डा० सर्वपल्ली राधाकृष्णन् को बड़ी कड़ी मेहनत करनी पड़ी। गीता पर व्याख्यान देने का सिलसिला आपने भी जारी रखा। प्रोफेसरों के प्रति आपका व्यवहार शिष्ट और मृदु ही नहीं था, अपितु उदार और हार्दिक स्नेहपूर्ण था। एक प्रोफेसर के पिता का देहान्त हो गया था। आपने उसको संवेदना का पत्र ही नहीं लिखा, बल्कि उसकी पुण्य-स्मृति में विश्वविद्यालय में छुट्टी भी कर दी। इससे प्रोफेसर अत्यधिक प्रभावित हुए। हिन्दू विश्वविद्यालय ने आप सदृश मानवीय विभूतियों से सम्पन्न दूसरा 'कुलपति' नहीं देखा।

आपसे पहले अंग्रेज़ी के शिक्षकों और हिन्दी के शिक्षकों के वेतन में अन्तर रहता था। आपने इस भेद का अन्त कर दिया।

हिन्दू विश्वविद्यालय की स्थापना राष्ट्रीय चेतना के जाग्रत होने का परिणाम था। इस कारण देश में कोई राष्ट्रीय आंदोलन उठने पर उसका सर्वाधिक प्रभाव वहां के छात्रों पर पड़ता था। सन् 1942 का वर्ष विश्वविद्यालय के लिए भारी संकट का था। 'भारत छोड़ो' आंदोलन का प्रचण्ड व प्रबल रूप इसी वर्ष दिखाई दिया था। रास्ते काट दिए गए थे,

इस कारण कोहिमा, इम्फाल आदि पूर्वी सीमा पर लड़ रही सेना को रसद भेजना कठिन हो गया था। ब्रिटिश सरकार इस कारण अत्यधिक क्रूरता से आंदोलन को कुचल रही थी। हिन्दू विश्वविद्यालय पर भी वायसराय लार्ड लिनलिथगो की रोषदृष्टि पड़ी।

छात्र आंदोलन के प्रति सक्रिय सहानुभूति प्रदर्शित करने को व्यग्र और अधीर थे। यू० पी० सरकार का कहना था कि विश्वविद्यालय-क्षेत्र में युद्ध में बाधा डालनेवाली अवांछनीय घटनाएं घटी हैं। कानून और व्यवस्था के नाम पर वह विश्वविद्यालय पर ताला लगाना चाहती थी। परन्तु हिन्दू विश्वविद्यालय केन्द्रीय विश्वविद्यालय था, प्रांतिक नहीं।

सर रेज़ीनाल्ड मेक्सवेल भारत सरकार के गृह-सदस्य थे। उनकी राय यू० पी० सरकार से मिलती-जुलती थी। सम्भव था कि वायसराय लार्ड लिनलिथगो सर रेजीनाल्ड की सलाह पर काम करते। लो०अणे भी इस समय वायसराय की कौंसिल के एक सदस्य थे। आपने संकट को भांपा और डा० राधाकृष्णन् को फौरन दिल्ली आने के लिए सन्देश भेजा। सन्देश में कहा गया था कि इस संकट की घड़ी में उनका दिल्ली आना ही सफल हो सकता है। डा० राधाकृष्णन् अपने सहयोगियों के साथ दिल्ली आए। लो० अणे ने उनको वायसराय से मिलने भेजा। किन्तु लार्ड लिनलिथगो ने डा० राधाकृष्णन् से मिलने से इन्कार कर दिया, क्योंकि वे यू० पी० के गवर्नर की रिपोर्ट पाने की प्रतीक्षा कर रहे थे।

दिल्ली पहुंचने के आध घण्टे के अन्दर ही डा० राधाकृष्णन् वापस काशी जाने को तैयार हो गए। वायसराय लार्ड लिनलिथगो के व्यवहार से वे अत्यधिक खिन्न और दुःखी प्रतीत होते थे। लो० अणे ने हिन्दू विश्वविद्यालय के कुलपति से धीरज धरने और दिल्ली में ठहरने के लिए अनुरोध किया। स्वतः वे वायसराय-भवन गए।

लो० अणे से लार्ड लिनलिथगो ने सफाई देते हुए कहा कि भेंट करने से इन्कार करने में उनका हेतु अपमान करना नहीं था, बल्कि उनके

विचार में मुलाकात से कोई लाभ होने की आशा नहीं थी। यू०पी० सरकार की रिपोर्ट अभी तक उनको नहीं मिली कि हिन्दू-विश्वविद्यालय में क्या घटित हुआ है। वायसराय से कहा गया कि वायसराय के इस कार्य को इंग्लैंड में भी पसन्द नहीं किया जाएगा, और अशिष्टतापूर्ण माना जाएगा, क्योंकि डा० राधाकृष्णन् केवल हिन्दू विश्वविद्यालय के कुलपति ही नहीं हैं, अपितु एक अत्यधिक सुसंस्कृत भद्र पुरुष, सभ्य विश्व के नागरिक हैं। ब्रिटिश पार्लमेंट में भी प्रश्न अवश्य उठेगा। सरकार को इस समय भारतीय सहानुभूति की आवश्यकता है। वायसराय का यह अशिष्ट अभद्र कार्य अपमानपूर्ण माना जाएगा, और देश-भर में रोष की लहर व्याप्त हो जाएगी। भारत के लोग ब्रिटेन को युद्ध में जो मदद दे रहे हैं वह भी बन्द हो जाएगी। लार्ड लिनलिथगो पर इसका प्रभाव पड़ा और वायसराय ने कुलपति राधाकृष्णन् और उनके सहयोगी से मिलना स्वीकार कर लिया। डा० राधाकृष्णन् ने वायसराय को हिन्दू विश्वविद्यालय का दृष्टिकोण बताया। लार्ड लिनलिथगो ने उस समय यह अनुभव शायद ही किया हो कि ठीक बीस साल बाद यह व्यक्ति विश्व के महानतम लोकतन्त्री गणराज्य का राष्ट्रपति होगा। ब्रिटिश सरकार की इस भूल को क्या कभी भारत भविष्य में भूलता ?

आंध्र विश्वविद्यालय में कुलपति राधाकृष्णन् को विश्वविद्यालय के वास्ते फंड जुटाने की ज़रूरत नहीं पड़ती थी, क्योंकि इसकी ज़िम्मेदारी सरकार पर थी। परंतु यहां बात दूसरी थी। यह जनता और राजा-महाराजाओं के चंदे से बना विश्वविद्यालय था। महामना मालवीयजी चंदा मांगने में सर्वाधिक कुशल नेता माने जाते थे। वे कंजूस से भी कंजूस व्यक्ति से विश्वविद्यालय के वास्ते चंदा लाने में सफल हुए थे। नये कुलपति को भी विश्वविद्यालय को आर्थिक संकट से निकालने के लिए दान की झोली गले में लटकाने की आवश्यकता अनुभव हुई।

कुलपति डा० राधाकृष्णन् ने तिरुत्तनी गांव छोड़ते हुए सदा के

वास्ते पुरोहिताई का कुलधर्म छोड़ दिया था। परंतु विश्वविद्यालय के वास्ते उन्होंने अपना पुराना धर्म पकड़ लिया। उनकी पुरोहिताई की फीस एक लाख रुपया थी। विश्वविद्यालय का कोष भर गया। महाराज बड़ौदा ने आपके ही कहने पर विश्वविद्यालय में तुलनात्मक धर्म की एक पीठ स्थापित की। महाराज बड़ौदा ने इसकी स्थापना विशेष रूप से डा० राधाकृष्णन् के वास्ते की थी, जिससे वे वेतन लें।

डा० राधाकृष्णन् ने हिन्दू विश्वविद्यालय की अनुपम सेवा की। यह आत्मार्पण का एक अपूर्व उदाहरण है। यह उदारतापूर्ण आत्मत्याग था। 1939 से 1948 तक आप इस विश्वविद्यालय के कुलपति रहे और इस विश्वविद्यालय को एक उन्नत और महान ज्ञान-केन्द्र बनाने में कुछ उठा नहीं रखा।

विभिन्न विभागों के कार्यों में कभी अपने हस्तक्षेप नहीं किया। छात्रावास के बारे में भी सदा वार्डन की पहले सलाह लेकर कार्य किया। उसकी राय का सदा आदर किया। विश्वविद्यालय की कमेटियों की बैठकों में आप काम बड़ी सफाई से और अल्प समय में निपटा देते। आज का काम कल पर कभी नहीं छोड़ते। आपकी कार्यक्षमता देखकर सब चकित थे। प्रबंध कुशलता भी आपकी अभिनंदनीय थी। आपने विश्वविद्यालय के प्रोफेसरों का वेतन बढ़ाया और प्रत्येक को सन्तुष्ट किया। परंतु आप विश्वविद्यालय को दल-बंदी से मुक्त न कर सके। इसका कारण यह था कि वह विश्वविद्यालय के जीवन के आरम्भ से चली आ रही थी।

आक्सफोर्ड में

भारत जब स्वाधीन नहीं था, तब एक भारतीय का, जिसके नाम के आगे कोई विदेशी डिग्री नहीं थी, 1926 में आक्सफोर्ड के मैंचेस्टर

कालेज में 'जीवन का हिन्दू दृष्टिकोण' (हिन्दू व्यू ऑव लाइफ) पर व्याख्यान देना, और वह भी धोती और पगड़ी पहने, क्या भारत की आत्मिक विजय सूचित नहीं करता था ? इसलिए कुलगुरु राधाकृष्णन् को व्याख्यान देते देखकर लंदन के भारतीय समाज, विशेषतः छात्रवृन्द की छाती अभिमान से फूल उठी। उन्होंने अनुभव किया कि उनकी जन्मभूमि गौरवमयी है, और वे उसकी एक संतान हैं। यह कुलगुरु की 'दिग्विजय का प्रारंभ' था। ब्रिटेन के भारतीय समाज ने 'कुलगुरु' में भारत के गौरव को मूर्तिमान रूप में देखा।

कुलगुरु राधाकृष्णन् के व्याख्यानों ने विश्व के समक्ष भारत का एक भिन्न स्वरूप पेश किया। यह स्वरूप महान होने के अतिरिक्त मोहक भी था। अब तक विदेशों ने भारत को विदेशियों की दृष्टि से देखा था। यह पहला मौका था, जब वे अपनी समझने योग्य भाषा में एक भारतीय के द्वारा निर्मित भारत का चित्र देख रहे थे। महाकवि गेटे, दार्शनिक कांट और मैक्समूलर ने भारत को महान तो बताया था, पर वह मोहक और आकर्षक भी है, यह कुलगुरु राधाकृष्णन् ने ही बताया।

'व्याख्यानमाला' में आपके दिए व्याख्यानों को सुनकर 'दी हिबर्ट जर्नल' के संपादक डा० जैक्स ने कहाः

"भारत से बाहर हमारे विद्यालय में सर्वप्रथम व्याख्यान देकर आपने हमारा गौरव बढ़ाया है।"

कैम्ब्रिज विश्वविद्यालय में आपने 'ब्रेडले और शंकर' पर व्याख्यान दिया। इस व्याख्यान ने हिन्दू धर्म को उदात्त रूप में दुनिया के सामने रखा। एक परतंत्र देश का धर्म महान हो सकता है, ग्राह्य हो सकता है, और शांति देनेवाला एवं ज्ञान का क्षितिज विस्तृत करनेवाला हो सकता है, यह 'कुलगुरु' के व्याख्यानों ने बता दिया। यह दिग्विजय की ओर उनका दूसरा कदम था।

ब्रिटिश पत्रों ने राधाकृष्णन् के इन व्याख्यानों की मुक्त कण्ठ से

प्रशंसा की। उन्होंने माना :

"प्रो० राधाकृष्णन् का ज्ञान अत्यन्त गम्भीर और विस्तृत है। भारतीय और पश्चिमी दोनों दर्शनों के वे महापण्डित हैं। उनके विचार परिष्कृत और सुलझे हुए हैं। राधाकृष्णन् शुद्ध हिन्दू धर्म के सर्वाधिक प्रसिद्ध विद्वान् हैं। हम यूरोप वालों को हिन्दू धर्म के विषय में उनसे ज्यादा अच्छे ढंग से कोई अन्य व्यक्ति नहीं बता सकता।"

स्वामी विवेकानन्द वेदान्त के प्रचारक थे, पर राधाकृष्णन् व्यापक हिन्दू धर्म के प्रचारक थे, उसकी किसी विशेष शाखा के नहीं। यह बात विशेष रूप से ध्यान देने योग्य है। भारत ने सामूहिक और संगठित रूप से हिन्दू धर्म का प्रचार करने का बीड़ा आज भी नहीं उठाया। विश्व के धर्मों में यही एक ऐसा धर्म है, जिसके अनुयायियों ने अपने धर्म का विश्व-भर में प्रचार करने का उद्योग नहीं किया। इस कारण कुलगुरु राधाकृष्णन् के इस प्रयत्न का भारत के लिए विशेष रूप से महत्त्व है।

अंग्रेजों के आश्चर्य का विषय था :

"भारत का यह विद्वान् दर्शनशास्त्र सदृश कठिन विषय पर अंग्रेज़ी में एक घंटे से भी ऊपर बोलता है। इस बीच उसको एक बार भी किसी लिखे हुए नोट की मदद लेने की ज़रूरत नहीं होती।"

अमेरिका के विभिन्न विश्वविद्यालयों में भी आपके भाषण हुए। यूरोप के अनेक देशों में भी अपने भाषण दिए। कैम्ब्रिज विश्वविद्यालय के एक सम्भ्रांत व सम्मान्य प्रोफेसर ने कहा :

"भारत से हमें किसी धर्म-प्रचारक की आवश्यकता नहीं है। हमें ऐसे व्यक्ति की भी आवश्यकता नहीं है, जो हमारे धार्मिक विश्वासों को बदलने की कोशिश करे। हमें एक ऐसे गुरु की आवश्यकता है, जो हमें सच्चा ज्ञान प्रदान कर सके। राधाकृष्णन् के रूप में हमें ऐसा शिक्षक मिल गया है। हमें सच्चा ज्ञान देने में वे पूरी तरह समर्थ है।"

'हिबर्ट व्याख्यानमाला' की समाप्ति पर लन्दन विश्वविद्यालय के

वाइस चांसलर ने कुलगुरु डा० राधाकृष्णन् की भूरि-भूरि प्रशंसा करते हुए लिखा :

"यह सर्वथा सच है कि आज के युग में लोगों के मन में शंकाओं और भय का वास है। डा० राधाकृष्णन् ने भविष्य के प्रति हमारे मनों को आशा और साहस से पूर्ण कर दिया है। आपके भाषणों से हमारे छात्रों को बहुत लाभ पहुंचा है। आपने जिस सुन्दर ढंग से ऐसे कठिन विषय पर भाषण दिया है, उसको सुनकर हम सब आश्चर्यचकित रह गए हैं। हमें यह देखकर भी विस्मय हुआ कि आपने अंग्रेज़ी में, जोकि आपकी मातृभाषा नहीं है, इतना सुन्दर भाषण किया। भारत सदा से धर्म और दर्शन का घर रहा है। आप सदृश महान भारतीय शिक्षक का भाषण सुनकर हमें सच्चा सुख और आनंद मिला है।"

इंग्लैंड के चर्चा में भी आपके भाषण हुए। एक भाषण सुनने के बाद एक बूढ़ी अंग्रेज़ स्त्री बोली : "भारत में जब राधाकृष्णन् सदृश सच्चे धर्म के ज्ञाता हैं, तब हम ईसाइयों को वहां भारत में अपने धर्म-प्रचारक भेजने की क्या ज़रूरत है ?"

कुलगुरु डा० राधाकृष्णन् के भाषणों और उनकी आध्यात्मिकता ने ही स्व० एच० एन० स्पालडिंग को आक्सफोर्ड विश्वविद्यालय में 'ईस्टर्न रिलीजन्स एण्ड एथिक्स' (प्राच्य धर्म व आचारशास्त्र) नाम से एक पृथक् पीठ (चेयर) स्थापित करने की प्रेरणा दी। स्व० स्पालडिग के अनुरोध पर ही डा० राधाकृष्णन् ने इसका सर्वप्रथम प्रोफेसर होना स्वीकार किया। डा० राधाकृष्णन् ने ही प्रो० स्पालडिंग को धर्मों का अध्ययन करने के वास्ते एक 'ट्रस्ट' स्थापित करने की प्रेरणा दी। 'यूनियन फार दी स्टडी ऑव दी ग्रेट रिलीजन्स' (महान् धर्मों के अध्ययनार्थ संघ) नामक संस्था की स्थापना भी आपकी प्रेरणा और आपके प्रयत्नों का फल है।

'प्राच्य और प्रतीच्य के रहस्यवादी अनुभव' इस विषय पर डा० राधाकृष्णन् ने लन्दन में एक व्याख्यानमाला प्रस्तुत की। भाषण न केवल

रहस्यपूर्ण था, प्रत्युत श्रोताओं ने भी एक रहस्यपूर्ण अनुभव किया। भाषण गम्भीर था। सहसा व्याख्यान के मध्य वक्ता ने एक कहानी कही। कुलगुरु ने कहा, दुनिया के कुछ भागों में यह विश्वास प्रचलित है कि जब परमात्मा ने मानव को उत्पन्न किया, तो मानव ने अपने को एकाकी पाया। मनुष्य ने परमात्मा से साथी मांगा। अतः परमात्मा ने वायु से शक्ति, सूर्य से गर्मी, हिम से शीत, पारे से चंचलता, तितलियों से सौन्दर्य, और मेघ-गर्जन से शोर लेकर स्त्री की रचना की। सभा-भवन में सहसा दृश्य-परिवर्तन हो गया। शेक्सपियर के दुःखान्त नाटकों का सादृश्य उत्पन्न हो गया।

गांधी अभिनन्दन-ग्रन्थ (1939) का सम्पादन डा० सर्वपल्ली राधाकृष्णन् ने किया था। इसकी आलोचना करते हुए लन्दन के टाइम्स ने (टाइम्स लिटरेरी सप्लीमेंट) में लिखा : "गांधीजी की एक अनुपम सफलता है, राधाकृष्णन् की भक्ति प्राप्त करना, जो यद्यपि कठोर राजनीति का कम अनुभव रखता है, परन्तु उसने उच्चतर बौद्धिक सिद्धि प्राप्त की है, और कदाचित् गांधीजी की अपेक्षा भी आत्मा के अधिक परिष्कृत गुणों से युक्त है।"

उत्तर-पश्चिम जर्मनी के रेडियो से बोलते हुए (1942 में) डा० युंग ने कहा : "राधाकृष्णन् उन महान पुल-निर्माताओं में से एक है, जिनकी इस युग को अत्यधिक आवश्यकता है।"

आर्थर मैक ने कहा कि डा० राधाकृष्णन् प्लेटो के दार्शनिक राजनीतिज्ञ के स्वप्न को पूरा करते हैं। उनमें कलाकार और एक कवि की मोहकता है, और इसके साथ है आध्यात्मिक गहराई और पृष्ठभूमि। आर्थर मैक ने यह भी कहा कि हमारे युग का यह सबसे महान धार्मिक दार्शनिक है। वह उस विश्व-पद्धति का प्रतिनिधित्व करते हैं जिस ओर मानव-समाज को निश्चय से तेज़ी से बढ़ना चाहिए ।

आक्सफोर्ड में रहते हुए भी डा० राधाकृष्णन् ने अपना रहन-सहन नहीं बदला। शाकाहारी भारतीय यूरोप व अमेरिका की यात्रा के बाद

कुलगुरु के घर भारतीय ढंग का भोजन पाकर गद्गद हो जाते। यही नहीं, डा० राधाकृष्णन् जब कभी भारतीय लेखक का अपने मित्रों से परिचय कराने के लिए आक्सफोर्ड में रहते हुए भोज-पार्टी देते थे, तब भी शाकाहारियों के वास्ते अलग व्यवस्था करते थे। उस भोजन में भी कुलगुरु की सादगी और सरलता का माधुर्य प्रकट होता था। एक बार डा० राधाकृष्णन् समेत तीन शाकाहारी एक मेज़ पर बैठे भोजन कर रहे थे। डा० राधाकृष्णन् ने अपने साथ बैठे श्री एस० नटराजन् से कहा : आप नहीं जानते कि ऐसे मौकों पर हम भारतीयों के सरल और संयमपूर्ण जीवन का इनपर क्या प्रभाव पड़ता है।

आक्सफोर्ड में रहते हुए 1936 में एक बार डा० राधाकृष्णन् के मन में आया, क्या भारत में कैम्ब्रिज विश्वविद्यालय सदृश विश्वविद्यालय स्थापित नहीं हो सकता ? बातचीत आगे बढ़ी; अनुभव, परम्परा, साधनों और अलीगढ़ के परीक्षण का ज़िक्र आया। भारत का ज़ोर उन दिनों विश्वविद्यालय की शिक्षा के बदले प्राथमिक शिक्षा पर था। मा० गोखले का 'प्राथमिक शिक्षा विधेयक' स्वीकार नहीं हुआ था। इसके कारण भी हताशा थी। महात्मा गांधी के ब्रिटिश शिक्षण-संस्थाओं को बहिष्कार करने के आन्दोलन ने भी विश्वविद्यालय की शिक्षा का महत्त्व घटा दिया था। परन्तु इन युक्तियों का डा० राधाकृष्णन् पर कोई प्रभाव नहीं पड़ा। राजनीतिक समस्या और परम्परा को कोई महत्व नहीं दिया। साधनों के बारे में कहा कि यदि हमारे नरेशों का सहयोग प्राप्त किया जा सका, तो किसी प्रकार की कोई कठिनाई उत्पन्न न होगी। हां, परम्परा का प्रश्न अवश्य महत्त्वपूर्ण है। पर यह कारण ही अपेक्षा करता है कि हम शीघ्र ही यह कार्य प्रारम्भ कर दें।

आक्सफोर्ड में रहते हुए डा० राधाकृष्णन् ने स्पष्ट रूप से अनुभव किया था कि दोनों देशों के विश्वविद्यालयों के जीवन और वातावरण में कितना अन्तर है। कुलगुरु का स्वप्न आज भी अधूरा है। यहां

ध्यान देने की बात यह है कि प्रो० डा० राधाकृष्णन् ने भारत के लिए कैम्ब्रिज विश्वविद्यालय की आवश्यकता अनुभव की, आक्सफोर्ड की नहीं। आधुनिकता के पोषक डा० राधाकृष्णन् इससे भिन्न क्या सोच सकते थे ?

स्वाधीनता-आन्दोलन में योग

कुलपति डा० राधाकृष्णन् ने भारतीय स्वाधीनता-संग्राम में सक्रिय रूप से भाग नहीं लिया; ब्रिटिश सरकार से सीधी टक्कर नहीं ली। सविनय कानून की अवज्ञा करके जेल भी नहीं गए; कृष्णमन्दिर में पहुंचने का कोई उद्योग भी नहीं किया; यही नहीं, ब्रिटिश सरकार द्वारा दी गई 'सर' की उपाधि ग्रहण करने और उसको अपने नाम से लगाए रखने में भी उन्होंने कोई हानि नहीं देखी। परन्तु इसका यह अर्थ नहीं है कि स्वाधीनता-संग्राम से वे सर्वथा तटस्थ रहे, और सदा दूर ही दूर रहे।

राधाकृष्णन् का हृदय स्वाधीनता-संग्राम के साथ स्पन्दित होता था। रवीन्द्र से प्रभावित दार्शनिक राधाकृष्णन् ने भी अपने लिए एक मार्ग चुना और माना कि स्वाधीनता प्राप्त करने का यह भी एक मार्ग है। जो व्यक्ति यह नहीं मानता कि परमेश्वर तक पहुंचने के लिए एक ही मार्ग है, वह इस बात को कैसे मानता कि पराधीन भारत की मुक्ति का एकमात्र मार्ग जेल से होकर गुजरता है। परन्तु स्वाधीनता-संग्राम के महान् सेनानी म० गांधी के 71वें जन्म-दिवस पर (1939), जो व्यक्ति अभिनंदन-ग्रन्थ तैयार करता है, और गांधीजी को भेंट करता है, उसकी श्रद्धा और भक्ति की थाह, और स्वाधीनता के प्रति, भारत मां की मुक्ति के प्रति उसके हृदय के अनुराग की कल्पना की जा सकती है।

स्वाधीनता-संग्राम को डा० राधाकृष्णन् ने अपने भाषणों से अनेक बार बल दिया है। सर मारिस हैलट के हिन्दू विश्वविद्यालय को 'वार कैम्प' या हस्पताल में बदलने के प्रयत्न को विफल बनाने में सफलता प्राप्त करके कुलपति डा० राधाकृष्णन् ने क्या एक राष्ट्रीय संस्था की रक्षा करके एक महान योद्धा का काम नहीं किया था? क्या इससे स्वाधीनता-संग्राम को एवं 'भारत छोड़ो आन्दोलन' को बल नहीं मिला ?

इलाहाबाद विश्वविद्यालय का दीक्षान्त अभिभाषण क्या भुलाया जा सकता है ? ब्रिटिश साम्राज्य का एक दृढ़ स्तम्भ यू० पी० का गवर्नर सर मालकम हेली अध्यक्ष आसन पर था। प्रो० राधाकृष्णन् ने ब्रिटिश शासन की कड़ी निन्दा की और यह बताया कि इस प्रशासन को भारत का नैतिक समर्थन प्राप्त नहीं है। उन्होंने इस रीति से स्वाधीनता-संग्राम का समर्थन किया, और भारत के शिक्षित समाज ने नया बल और नया आलोक पाया। भारतीय स्वाधीनता-संग्राम विश्व के समक्ष नये रूप में आया। भारतीय स्वाधीनता-संग्राम अन्तर्राष्ट्रीय मुक्ति-आन्दोलन का एक भाग हो गया।

कुलपति डा० राधाकृष्णन् की लिबरल पार्टी के प्रति सहानुभूति नहीं थी। श्री चन्द्रशेखरन की पुस्तक की भूमिका कुलपति डा० राधाकृष्णन् ने लिखी है। इसमें उन्होंने लिबरल पार्टी की नीति और उसके कार्यक्रम से असहमति प्रकट की है। स्पष्ट है कि वे ब्रिटेन की नीयत और उसकी कर्ण-मधुर घोषणाओं पर विश्वास करने की राजनीति में विश्वास नहीं करते थे।

भारत में ब्रिटिश शासन को व्याख्याता राधाकृष्णन् ने तीन भागों में बांटा था: (1) ईस्ट इण्डिया कम्पनी, 1857 की क्रान्ति के साथ समाप्त, (2) ब्रिटिश साम्राज्यवादी शासन, प्रथम महायुद्ध से यह कमज़ोर होने लगा, (3) 1914 से आधुनिक युग का प्रारम्भ ।

1857 तक शस्त्र-शक्ति केवल निर्णायक शक्ति थी। अंग्रेज़ों

ने हमारी सैनिक शक्ति नष्ट कर दी और ब्रिटिश शासन की स्थापना की। उन्होंने इंग्लिश शिक्षा का प्रारम्भ किया। इस रीति से स्थापित नई व्यवस्था द्वारा उत्पन्न नवीन शक्तियां हमसे नवीनीकरण की अपेक्षा करती थीं। हमको 'स्व' प्राप्त करना था और खोई स्वाधीनता पुनः प्राप्त करनी थी। 1914 से प्रारम्भ हुए नये युग ने हमारे सामने यह महान कार्य रखा। इसको पूरा करने के लिए आवश्यक गुणों की आवश्यकता थी। इससे प्राप्त सिद्धि और सफलता का रूप सैनिक विजय से सर्वथा भिन्न होगा। यह है हमारे राष्ट्रीय जीवन के अस्तित्व को दृढ़ता और आग्रह के साथ कायम रखने का अहिंसात्मक प्रयत्न। राष्ट्र का आत्मसम्मान अहिंसात्मक रीति से प्रकट हुआ है। इस स्थिति में भारतीय स्वाधीनता-संग्राम में डा० राधाकृष्णन् ने अपना अंशदान दिया है। उन्होंने आधुनिक शब्दावली में हमारे समझने योग्य भाषा में प्राचीन भारतीय संस्कृति का मूल्य और उसकी शाश्वतता बताई, हममें आत्मविश्वास और आत्मगौरव उत्पन्न किया। इससे विदेशों ने हमारे स्वाधीनता-संग्राम को स्वस्थ रूप में और सहानुभूति की दृष्टि से देखा। विश्व की सद्भावना और शुभेच्छा भारत को प्राप्त हुई। डा० राधाकृष्णन् के साहित्य और पाण्डित्य का यह फल भारत को प्राप्त हुआ।

परन्तु डा० राधाकृष्णन् ने इतना ही नहीं किया। कांग्रेस के अन्तर्गत एकता, और सौमनस्य बनाए रखने में भी उन्होंने मदद दी। गांधीजी ने एक छोटा पत्र आंध्र प्रदेश के बारे में डा० राधाकृष्णन् को लिखा। फिर पवनार जाकर सन्त विनोबा से मिलने को लिखा। डा० राधाकृष्णन् सन्त विनोबा से मिलने पवनार आश्रम भी गए।

कुछ समय बाद नेताजी सुभाषचन्द्र बोस ने डा० राधाकृष्णन् को गांधीजी के पास से गांव भेजा। सुभाष बाबू हरिपुरा कांग्रेस का अध्यक्ष होने को बहुत उत्सुक थे। डा० राधाकृष्णन् ने गांधीजी को सुझाया कि सुभाष बाबू को

अगली कांग्रेस का अध्यक्ष बनाया जाय। गांधी जी का जवाब था : पहले उसको नीरोग और स्वस्थ तो होने दो। सुभाष बाबू उस समय बीमार थे।

डा० राधाकृष्णन् ने कहा : परन्तु सुभाष बाबू का कहना है कि जब तक उनको कांग्रेस का अध्यक्ष नहीं बनाया जाता, वे पूर्ण नीरोग और पूर्ण स्वस्थ नहीं हो सकते।

गांधीजी सहमत हो गए और सुभाष बाबू हरिपुरा कांग्रेस के अध्यक्ष चुने गए।

डा० राधाकृष्णन् महापण्डित हैं, महान वक्ता हैं, और एक आदर्श लेखक और विचारक हैं, यह सब निर्विवाद हैं। वे निडर और निर्भय भी हैं। परन्तु वे राजनीतिज्ञ व मुत्सद्दी नहीं, केवल एकमात्र देशभक्त हैं। यह मार्शल स्तालिन का मत था।

रूस के भाग्यविधाता मार्शल स्तालिन से दूसरी बार मुलाकात होने पर डा० राधाकृष्णन् ने कहा : "भारत में एक राजा था। उसने बहुत-सा मार्ग रक्तरंजित मार्ग से तय किया। परन्तु सहसा एक दिन उसको यह अनुभव हुआ कि यह मार्ग ठीक नहीं। हिंसा करना धर्म नहीं है। अतः उसने हिंसा का त्याग कर दिया। उसने इसके बाद प्रेम, अहिंसा और शान्ति का मार्ग पकड़ा।" दार्शनिक ने डिक्टेटर (अधिनायक) से पूछा : "आप इस शान्ति-पथ को क्यों नहीं ग्रहण करते ?" मार्शल स्तालिन मौन रहे। जब दार्शनिक चला गया, तब अधिनायक ने अपने दुभाषिए से कहा : "यह मनुष्य राजनीतिक नहीं है, केवल एक देशभक्त है।" गांधीजी के प्रति भारत के दार्शनिक की क्या इससे बड़ी कोई और श्रद्धांजलि हो सकती है ? यह भारतीय स्वातंत्र्य-संग्राम के युद्ध-तंत्र व प्रणाली के प्रति भी विश्व के एक महानतम दार्शनिक की श्रद्धांजलि है।

राष्ट्रपति डा० राधाकृष्णन् का गांधीजी से सर्वप्रथम परिचय महात्माजी के दक्षिण अफ्रीका से लौट आने के बाद मद्रास में जी० ए० नटेसन के घर पर हुआ था। गांधीजी ने युवा प्रोफेसर से कहा : "दूध मत पीयो। यह

गोमांस का सार है।"

युवा प्रोफेसर ने जवाब दिया : "इस हालत में तो हम सब नरभक्षक हैं, क्योंकि हम अपनी मां का दूध पीते हैं, जोकि मानवमांस का सार है।"

बातचीत आगे बढ़ी और डाक्टरी सहायता पर पहुंची। गांधीजी बोले : "हज़ारों के जन्म जंगल में होते हैं। उनको किसी प्रकार की डाक्टरी सहायता की आवश्यकता नहीं होती।" युवा प्रोफेसर ने फौरन जवाब दिया : "हज़ारों जंगल में मरते भी तो हैं।"

"तुम कैसे जानते हो ?"

"आप कैसे जानते हैं ?"

इसी बीच श्री नटेसन आ गए और बोले : "आप क्या यह नहीं जानते कि ये तर्कशास्त्र के प्रोफेसर हैं।"

इसके बाद गांधीजी से डा० राधाकृष्णन् की भेंट देशबन्धु दास के कलकत्ता-निवास, साबरमती आश्रम, सेवाग्राम और पंचगणी में हुई। 1938 में वे सेवाग्राम एक योजना लेकर के गए कि गांधीजी के 71वें जन्म-दिवस पर उनको एक अभिनन्दन-ग्रन्थ भेंट किया जाय और इसमें उनके कार्य और विचार पर लेख रहें।

राष्ट्रपति ने गांधीजी को इस रूप में देखा :

"अनुभव की अग्नि-परीक्षा में वे न राजनीतिज्ञ हैं, न सुधारक, न दार्शनिक हैं, न आचारशास्त्री, बल्कि इन सबका सम्मिश्रण हैं। वे वस्तुतः धार्मिक व्यक्ति हैं। उनमें उच्चतम मानवीय गुण भी हैं। फिर अपनी मर्यादाओं से परिचित होने और अपने स्वभाव की नित्य प्रासादिकता (हास-परिहासप्रियता) के कारण वे सबके अधिक प्रेम-पात्र बन गए हैं।

"प्रेम-प्रणाली का प्रयोग अब तक कहीं-कहीं कुछ व्यक्तियों ने निजी जीवन में ही करके देखा था। परन्तु, गांधीजी की परम सफलता यह है कि उन्होंने इसे सामाजिक और राजनीतिक मुक्ति की योजना

बनाकर दिखा दिया है। उनके नेतृत्व में दक्षिण अफ्रीका और भारत में संगठित समुदायों ने अपनी शिकायत दूर करने के लिए बड़े पैमाने पर इसका प्रयोग करके देखा है। राजनीतिक उद्देश्यों की सिद्धि के लिए शारीरिक हिंसा का सर्वथा परित्याग करके राजनीतिक क्रांति के इतिहास में उन्होंने इस नई योजना का विकास करके दिखाया है। यह योजना या विधि भारत की आध्यात्मिक परम्परा को हानि नहीं पहुंचाती, बल्कि उसी में से जन्मी है।

"जब तक सब राष्ट्र एक-दूसरे से स्वतंत्रता और मैत्री का व्यवहार न करेंगे और जब तक हम संगठितऔर समन्वित सामाजिक जीवन की नई धारणा को विकसित न करेंगे, तब तक हमको शान्ति नहीं मिलेगी। इस लोक के मानव-समाज और सभ्यता का भविष्य बन्धुता, स्वतंत्रता, न्याय और मनुष्य-प्रेम की उन गहरी विश्व-भावनाओं के साथ बंधा हुआ है जो गांधीजी का जीवन-प्राण बन चुकी हैं। हिंसा और द्वेष से पूर्ण इस संसार में गांधीजी की अहिंसा हमें इतने मनोहर स्वप्न-सी प्रतीत होती है कि क्रियान्वित होने का विश्वास नहीं होता। लेकिन उनके लिए तो ईश्वर, सत्य और प्रेम एक ही है और ईश्वर चाहता है कि हम नतीजे की परवाह न करके सत्य और प्रेम के अनुयायी बनें। सच्चा धार्मिक पुरुष सत्य की खोज वैसी ही तत्परता से करता है जैसी तत्परता से चतुर व्यापारी अपने लाभ-हानि की। वे अपने प्यारे से प्यारे वैयक्तिक तथा सामाजिक स्वार्थों का सर्वथा परित्याग कर चुके हैं, उन्हीं में यह कहने का बल और साहस हो सकता है कि "मेरे स्वार्थ की हानि भले ही हो, परन्तु ईश्वर की इच्छा पूर्ण हो।' "

गांधीजी इस संभावना को भी स्वीकार नहीं करते कि ईश्वर, सत्य और न्याय के प्रेम से कभी किसीकी हानि हो सकती है। उनको निश्चय है कि संसार के विजेता और शोषणकर्ता अंततोगत्वा नैतिक नियमों की चट्टान से टकराकर स्वयं नष्ट हो जाएंगे। नीतिहीन होने से भी रक्षा नहीं, क्योंकि कुछ भू-भाग अपने कब्ज़े में रखने का हमारा अखंडनीय और

स्थायी अधिकार है। सभ्यता। संसार कई सभ्यताओं को युगों की धूल के नीचे दबते देख चुका है और उनके द्वारा निर्मित हुए नगरों की जगह जंगल खड़े हो चुके हैं और वहां चांदनी रात में सियार बोलते हैं।

दार्शनिक डा० राधाकृष्णन् की दृष्टि में गांधीजी का यह रूप अत्यंत हृदयग्राही है :

"गांधीजी बंधनमुक्त जीवन के मंत्रदाता हैं। उनकी असाधारण धार्मिक पवित्रता और उनके वीरोचित तेज का कोटि-कोटि मनुष्यों पर गहरा प्रभाव है। ऐसे कुछ लोग सदा मिलेंगे जो ऐसे पावन जीवन के दुर्लभ उदाहरणों से वह शक्ति पाएंगे और उनमें सत्य की वह झांकी देखेंगे जो उन साधारण साधुतामय जीवन, रूढ़ नैतिकता या अस्पष्ट कला, विचारों और भावों में नहीं मिलती, जिनको आधुनिक काल के उपदेष्टा प्रस्तुत किया करते हैं। सच्चे रहो और सरल, हृदय में निर्मल आर्द्र, दुःख में प्रसन्न और आतंक के आगे स्थिर-बुद्धि, और चिरतुष्ट होओ और पुरातनता के भार से निरांतक रहो—सृष्टि के आदि से दी गई है और कौन शिक्षा है जो इस शिक्षा से बढ़कर है ? अथवा कहां दूसरा उदाहरण है जब उस शिक्षा का अधिक तत्परता से पालन हुआ है ?"

राष्ट्रपति डा० राधाकृष्णन् अपनी गीता की टीका को महात्मा गांधी को भेंट करना चाहते थे। इस सिलसिले में वे गांधीजी के अमर बलिदान से कुछ दिन पहले ही मिले थे। गांधीजी ने दार्शनिक से कहा : "जानता हूं कि आप कोई अयोग्य, अनुचित बात न लिखेंगे। परंतु उससे पहले मैं कुछ प्रश्न पूछना चाहता हूं। मैं ये प्रश्न अर्जुन के रूप में कर रहा हूं। आप मेरे कृष्ण हैं, मैं अर्जुन के समान हूं, 'धर्मसंमूढ़चेता' हूं।"

श्री जवाहरलाल नेहरू के प्रति राष्ट्रपति की क्या भावना है, यह 15 अगस्त, 1964 को उनके रेडियो-भाषण में दी गई श्रद्धांजलि से प्रकट है :

"हमारे महान राष्ट्रीय नेता जवाहरलाल नेहरू के निधन के बादल

छाए हुए हैं। वे एक ऐसे नेता थे जिन्होंने हमारे जीवन पर अमिट छाप छोड़ी है और हमें नया दृष्टिकोण दिया है। उन्होंने भारत के लिए एक नये भविष्य के निर्माण का प्रयत्न किया और हमारे राष्ट्रीय जीवन को सोद्देश्य बनाया। हमें इस उद्देश्य को अपने सामने रखना है और उसकी पूर्ति के लिए अपने-आपको सर्मापत करना है। उन्होंने हमें संसदीय लोकतंत्र, धर्मनिरपेक्ष राज्य, नियोजित विकास, अंतर्राष्ट्रीय क्षेत्र में गांभीर्य, राष्ट्रों में मैत्री और विश्व में शांति के आदर्श प्रदान किए। हमारे देश में बहुत-से लोग ऐसे भी हैं जिन्हें श्री नेहरू की धीरता अनावश्यक लगती थी और इससे अधीरता का अनुभव करते थे लेकिन श्री नेहरू लोकतंत्रीय विचारों से ओत-प्रोत थे और इसलिए वे जो कुछ भी करते थे उसमें बहुसंख्यक जनता को अपने साथ रखना चाहते थे।"

श्री नेहरू के निधन के बाद शोक-विह्वल राष्ट्रपति ने कहा था :

"श्रद्धा से विह्वल स्वरों में उस महान विभूति के प्रति उद्गार प्रकट करना चाहता हूं, जिसका जीवन अनंत सेवा और समर्पण का जीवन था।

"जवाहरलाल नेहरू हमारी पीढ़ी के एक महानतम व्यक्ति थे। वे एक ऐसे अद्वितीय राजनीतिज्ञ थे जिनकी मानव-मुक्ति के प्रति सेवाएं चिरस्मरणीय रहेंगी। स्वाधीनता-संग्राम के नेता के रूप में वे यशस्वी थे और आधुनिक भारत के निर्माण के लिए उनका अंशदान अभूतपूर्व था। उनके जीवन और उनके कार्यों का गहरा प्रभाव हमारे चिन्तन, हमारे सामाजिक संगठन और हमारे बौद्धिक विकास पर पड़ा है। नेहरू के सक्रिय और सार्वदेशिक नेतृत्व के बिना भारत के स्वरूप का चिंतन लगभग असंभव-सा लगता है। हमारे देश के इतिहास का एक युग समाप्त हो गया है।

"मानव के रूप में श्री नेहरू में चिंतन की सुकुमारता, भावना की अद्वितीय कोमलता और महान एवं उदार प्रवृत्तियों का अद्भुत सम्मिश्रण

था। दुर्बल और हताश व्यक्तियों के प्रति उनके हृदय में गहनतम सहानुभूति उमड़ती थी। वे विख्यात लेखक थे। उनके आत्मचरित्र में उनके जीवन और संघर्षों की जो कहानी दी गई है, उसमें न तो आत्मप्रतारणा का स्पर्श है, और न नैतिक अहम्मन्यता का। वह हमारे युग की अद्भुत पुस्तक है।"

ग्यारह साल पहले (1953) प्रधानमंत्री श्री नेहरू द्वारा आयोजित एक मनोरंजक प्रोग्राम से लौटते हुए ब्रिटिश पत्रकार श्री नार्मन कर्जिस से उपराष्ट्रपति डा० राधाकृष्णन् ने कहा था : "वह सदा नवीन है, सदा युवा है। कुछ विस्मयकारी चीज़ वहां हैं। प्रधानमंत्री में आज भी लड़कपन है। लोग नहीं जानते कि प्रधानमंत्री हंसना भी जानते हैं। यही नहीं, वे हंसना पसन्द करते हैं जैसाकि हमने अभी देखा है। इससे वे पुनः ताज़ा हो जाते हैं। उनकी भावना सजीव हो उठती है। श्री नेहरू के विषय में महत्त्वपूर्ण बात यह है कि वे अपने को सदा युवा अनुभव करते हैं। इस प्रकार का आदमी कभी बूढ़ा नहीं होता। वे कभी बूढ़े दिखाई न देंगे, चाहे कितनी ही अधिक उमर हो जाय, परन्तु उनको अपने स्वास्थ्य का अधिक ख्याल करना चाहिए। वे बहुत अधिक मेहनत करते हैं।"

स्वातंत्र्य वीर सावरकर को डा० राधाकृष्णन् भारत के सपूतों में एक श्रेष्ठ व्यवित मानते हैं।

भारत के प्रथम राष्ट्रपति डा० राजेन्द्रप्रसाद को ज्ञानयोगी डा० राधाकृष्णन् ने निष्काम कर्मयोगी बताया था। यह कहा था : "दिल और दिमाग के धनी हैं। अपने आपको देश के लिए समर्पित कर दिया। राजेन्द्र प्रसाद उन थोड़े से व्यक्तियों में से हैं जो गांधीजी के निकट सम्पर्क में रहे और जिनके दिल और दिमाग गांधीजी के आदर्शों के अनुसार ढल गए।"

सरदार पटेल के विषय में राष्ट्रपति का विचार है : सरदार पटेल के उन्होंने तीन रूप देखे हैं : एक तो आज़ादी की लड़ाई में, एक अनुशासनबद्ध सैनिक और सेनानी का था, जबकि वे अपने सेनापति महात्मा गांधी के

आदेशों पर आगे बढ़ते थे और बड़े-बड़े सत्याग्रह चलाते थे। उनका दूसरा रूप एक राजनीतिज्ञ का और तीसरा प्रशासक का था।

भारत के छोटे-छोटे राज्यों को एक लड़ी में पिरो इस देश को पहली बार एक विशाल गणराज्य में बदलने का जो काम सरदार ने किया, उसके लिए उनका नाम इतिहास में अमर रहेगा। इससे पहले कभी भी इस देश में ऐसी एकता नहीं हुई थी।

महान शिक्षाशास्त्री

'शिक्षक' सदा शिक्षक ही रहता है। यह भले ही डा० राधाकृष्णन् के बारे सत्य न हो, परन्तु वे मूलतः शिक्षक हैं, विश्व-गुरु हैं, और यह उनके प्रत्येक कार्य और शब्द से प्रकट होता है। भारत के शिक्षाशास्त्रियों में वे, अनुभव के आधार पर भी, अन्यतम हैं। भारत ही नहीं एशिया के शिक्षाशास्त्रियों में भी उनका स्थान बहुत ऊंचा है। जीवन के 40 वर्ष (1908–1948) उन्होंने शिक्षा देने या शिक्षण-संस्था का प्रबन्ध करने में बिताए हैं। भारत में ऐसे शिक्षक बहुत कम हैं, जिनको दोनों का अनुभव आपके समान हो। एक सैनिक से बढ़ते-बढ़ते जैसे सेना में एक व्यक्ति सेनानी और सेनापति होता है, वैसे ही आप तर्कशास्त्र के सहायक प्रोफेसर से बढ़ते हुए पहले विश्वविद्यालय के प्रोफेसर हुए, फिर कुलपति हुए। कुलपति होते हुए भी आप पढ़ाते रहे। राजदूत होते हुए भी लन्दन में आप अध्यापन का काम करते रहे। पढ़ाने का, शिक्षा देने का इतना व्यापक और विशाल अनुभव इस देश में कितने लोगों को है !

काशी में जब प्रथम एशियाई शिक्षा-सम्मेलन हुआ, तो उसका अध्यक्ष-पद आपको ही दिया गया। इस मौके पर आपने जो भाषण

दिया, उसके कारण आपकी शिक्षा-मर्मज्ञता की गहरी छाप सबपर पड़ी। इसलिए जब लखनऊ में एशियाई शिक्षा-सम्मेलन का दूसरा अधिवेशन (1937–38) हुआ तब भी आपने ही उसकी अध्यक्षता की थी। काशी के समान इस मौके पर भी आप मौखिक ही बोले, अपना मुद्रित भाषण नहीं पढ़ा। परन्तु सब चकित रह गए, जब अध्यक्ष के मौखिक भाषण और मुद्रित भाषण में अर्द्धविराम तक का अंतर नहीं दिखाई दिया। उनकी स्मरणशक्ति से परिचित उनके सहयोगी और उनके भूतपूर्व छात्र कुलपति के इस कौतुकपूर्ण अद्भुत चमत्कार से चकित रह गए।

यह पहली घटना नहीं थी। अन्नामलाई विश्वविद्यालय का दीक्षान्त अभिभाषण डा० राधाकृष्णन् देनेवाले थे। मद्रास के पत्रकारों ने उनको घेरा। भाषण की पूर्व-प्रतिलिपि मांगी। किन्तु वह अभी तैयार नहीं हुआ था। शिक्षक डा० राधाकृष्णन् ने पत्रकारों को निराश नहीं किया। उन सबको वे एक ओर ले गए। उनको कॉफी पिलाई और कहा : लिखो भाषण। कुलगुरु ने अपना भाषण बोलकर लिखा दिया। पत्रकारों ने अपने को धन्य माना। परन्तु भाषण को पत्र में देने से पहले उन्होंने 'एसोसिएटेड प्रेस' द्वारा भेजी भाषण की रिपोर्ट से अपने भाषण का मुकाबला करना उचित समझा। उनको भय था कि कुलपति ने इसके अतिरिक्त भी शायद कुछ कहा हो, और शायद कुछ भाग छोड़ दिया हो। परन्तु जब उन्होंने अपने लिखे भाषण को समाचार एजेंसी द्वारा भेजे भाषण से मिलाया तो वे कौतुक पूर्ण आनन्द और विस्मय से उछल पड़े। अब उनको विश्वास हो गया कि डा० राधाकृष्णन् की मौखिक बातचीत पर आंख मूंदकर विश्वास किया जा सकता है। इसमें कहीं कोई खतरा नहीं है।

भारत और यूरोप एवं अमेरिकी शिक्षणालयों का आपको अनुभव है। अतः जब स्वाधीन भारत के सामने उच्च शिक्षा की नूतन व्यवस्था स्थापित करने का प्रश्न आया और शिक्षामंत्री मौलाना आज़ाद ने एक शिक्षा कमीशन नियुक्त करने का विचार किया, तो इसका अध्यक्ष

डा० राधाकृष्णन् को नियुक्त किया गया। 1950 में इस कमीशन की रिपोर्ट प्रकाशित हुई। यह रिपोर्ट वर्तमान उच्च शिक्षा-व्यवस्था का आधार है।

विश्वविद्यालय अनुदान आयोग की स्थापना इसी कमीशन की सिफारिश का फल है। उच्च शिक्षा के प्रसार और प्रबन्ध का सारा कार्य इस 'आयोग' के अधीन चला गया है। देश के विभिन्न भागों में स्थापित विश्वविद्यालयों में एकसूत्रता स्थापित करने, उनको वित्त-चिंता से मुक्त करने और नये विश्वविद्यालयों की स्थापना में मदद देने और पुराने विश्वविद्यालयों का विस्तार करने, विज्ञान और यंत्र-तंत्र-ज्ञान (टेकनालाजी) की शिक्षा-व्यवस्था करने का सारा कार्य इसके निरीक्षण में होता है। सारे भारत में उच्च शिक्षा का स्तर एक रहे, इसका भी यह यत्न करता है।

राधाकृष्णन् कमीशन की एक सिफारिश थी कि मेरठ और कानपुर में विश्वविद्यालय बनने चाहिए। पन्द्रह साल बीत गए, पर इन दोनों शहरों में आज भी विश्वविद्यालय स्थापित नहीं हुए।

उच्च शिक्षा का माध्यम मातृभाषा हो, सिद्धांततः शिक्षा कमीशन ने यह स्वीकार किया था। परन्तु परिवर्तन सावधानी के साथ और धीरे-धीरे होना चाहिए, यह मत भी कमीशन ने दिया था। इसका लाभ उठाया गया और उच्च शिक्षा का माध्यम आज भी अंग्रेज़ी बनी हुई है।

डा० राधाकृष्णन् ने अंग्रेज़ी को हटाने के लिए नहीं कहा। इस बात को पकड़ लिया गया। शिक्षा कमीशन के अध्यक्ष क्रांतिकारी मनोवृत्ति के नहीं हैं। अतः इस कमीशन की रिपोर्ट प्रकाशित होने के बाद भी शिक्षा का ढर्रा नहीं बदला, और पुरानी परिपाटी जारी है। केरल में 40 साल शिक्षा देने का कार्य किए हुए मालकम मगरिज ने इसी कारण 1964 में पुनः भारत आने पर अनुभव किया कि ब्रिटिश शासन-काल के भारत और मई, 1964 के भारत में कोई अन्तर नहीं है। स्वाधीन भारत का

उदय होना अभी शेष है। ब्रिटेन का आध्यात्मिक राज्य आज भी भारत पर कायम है। डा० राधाकृष्णन् की अध्यक्षता में नियुक्त शिक्षा कमीशन को ब्रिटिश आध्यात्मिक पराधीनता का अनुभव हुआ या नहीं, यह नहीं कहा जा सकता। परन्तु यह सत्य है कि उसकी सिफारिशों के कारण ब्रिटिश आध्यात्मिक पराधीनता का अन्त नहीं हुआ।

परन्तु, अध्यक्ष डा० राधाकृष्णन् ने कमीशन की अध्यक्षता जिस रीति से की वह देखना वस्तुतः अपने-आपमें एक नई शिक्षा का लाभ करना था। प्रत्येक विषय का आपको हस्तामलकवत् ज्ञान था। अतः सदस्यों का मार्ग-दर्शन अपने जिस रीति से किया, उससे कमीशन के सदस्यगण अत्यधिक प्रभावित हुए। शिक्षा-नीति का निर्णय करने का आधार आज भी डा० राधाकृष्णन् की लिखी रिपोर्ट। यह रिपोर्ट शिक्षाशास्त्री डा० राधाकृष्णन् के जीवन की चरम सीमा है, अमर कीर्ति-स्तम्भ है। निस्सन्देह एक भारतीय कह सकता है कि यह भारतीय भाषा में नहीं है, एक विदेशी भाषा में है। परन्तु इससे भी उस रिपोर्ट का महत्त्व कम नहीं होता। भविष्य की दृष्टि से उसका महत्त्व आज चौदह साल बाद भी कम नहीं हुआ। वह आज भी हमारा पथ-प्रदर्शन कर रही है, और आज के शिक्षाशास्त्री उससे प्रेरणा पा रहे हैं। डा० राधाकृष्णन् में पार-दृश्वा शक्ति है, इसका यह एक प्रमाण है।

आचार्य चाणक्य के बाद 'आचार्य' शब्द उन महान विद्वानों के लिए प्रयुक्त किया जाने लगा, जिन्होंने 'प्रस्थान त्रयी'—वेदांत सूत्र, उपनिषद और गीता—का भाष्य किया। शंकराचार्य, रामानुजाचार्य, माध्वाचार्य, वल्लभाचार्य। वेद के भाष्यकर्ताओं में अकेले सायण को ही आचार्यत्व प्राप्त हुआ। उब्बट और महीधर को यह सौभाग्य प्राप्त नहीं हुआ। भारत में शंकराचार्य से जिन आचार्यों की परंपरा का प्रारम्भ हुआ, उनकी एक विशेषता थी। इन सबने वेदों को प्रमाण तो माना, पर उसका भाष्य नहीं किया। अपने मत की स्थापना का, अपनी ज्ञान-शाखा का आधार उन्होंने

'प्रस्थान त्रयी' को ही बनाया। आचार्य डा० राधाकृष्णन् भी इसी परम्परा में आते हैं। आपने ब्रह्मसूत्र, उपनिषदों और गीता का अंग्रेज़ी में भाष्य किया है। प्राचीन आचार्यों ने यदि संस्कृत में अपना भाष्य लिखा था, तो नवीन आचार्य ने अंग्रेज़ी में लिखा। जनसाधारण की भाषा का दोनों से ही कोई सम्बन्ध नहीं है। डा० राधाकृष्णन् ने तमिल और तेलुगु में भी नहीं लिखा, क्योंकि उनको विश्वास है कि यदि प्राचीन आचार्य इस युग में उत्पन्न होते, तो वे भी अंग्रेज़ी में लिखते। अतः डा० राधाकृष्णन् ने भी अपना भाष्य अंग्रेज़ी में लिखा है। यही कारण है कि भारत ने अपने आचार्य को पश्चिम के जानने के बाद जाना और पहचाना। इसके लिए डा० राधाकृष्णन् को दोष देना उचित नहीं है। यह उस समय की चाल थी। सब दयानन्द और रमण महर्षि नहीं थे। अधिकतर लोग योगी अरविंद व गांधीजी के समान अंग्रेज़ी में ही लिखते थे। कवीन्द्र रवीन्द्र को नोबेल पुरस्कार बंगला की गीतांजलि पर नहीं, अपितु उसके अंग्रेज़ी अनुवाद पर मिला था। उस समय अंग्रेज़ी में लिखने का चलन था। यह पराधीनता का अभिशाप था। इस अभिशाप के होते हुए भी डा० राधाकृष्णन् ने 'प्रस्थानत्रयी' का भाष्य किया और आचार्यत्व प्राप्त किया, यह है ध्यान देने योग्य महत्व की बात ।

बीसवीं शती का यह महान् आचार्य सार्वभौम-धर्म का प्रचारक है। यह मानव-धर्म है। डा० राधाकृष्णन् स्वतः मूर्तिमान मानव-धर्म हैं। उनके शिष्यों और सहयोगियों ने उनको 'भागवतम्' के रूप में देखा है।

मानव-धर्म की स्थापना और उसका प्रचार आधुनिक समय का एक महान कर्तव्य है। यह एक युगधर्म है। उनकी इस बात का हार्वर्ड युनिवर्सिटी पर बहुत अधिक प्रभाव पड़ा। आपके व्याख्यानों से प्रभावित हो हार्वर्ड युनिवर्सिटी ने डा० स्लेटर के अधीन विश्वधर्मों का अध्ययन करने के लिए 'स्टडी ऑव वर्ल्ड रिलीजंस' नाम से एक केन्द्र स्थापित किया। इसका सन् 1959 में आचार्य राधाकृष्णन् ने हार्वर्ड युनिवर्सिटी

के विशेष निमंत्रण पर स्वतः उद्घाटन किया।

बेलूर में येन्ताकेशव का एक प्रस्तर-मंदिर है। इसपर एक संस्कृत का श्लोक लिखा हुआ है। उसका भाव है कि शिव, ब्रह्मा, विष्णु, बुद्ध, जिन ये परमेश्वर के विभिन्न नाम हैं। परमात्मा एक है। वह हम सबको आशीर्वाद दे। डा० राधाकृष्णन् का कहना है कि यदि यह कवि इस युग में उत्पन्न होता, तो वह क्राइस्ट और मोहम्मद का नाम भी इसमें सम्मिलित कर देता। यद्यपि आचार्य राधाकृष्णन् इस युग के एक ऋषि हैं। 'ऋषयो मंत्र द्रष्टारः' मंत्र द्रष्टा ऋषि है, परन्तु यहां उनकी आशा अकारण है। यह मंदिर 10वीं शती का बना बताया जाता है। उस समय तक इस देश के लोगों को क्राइस्ट और मोहम्मद के नाम ज्ञात हो गए थे। परन्तु यह कवि अधिक तत्त्वज्ञानी था। वह जानता था कि जब भारत में उत्पन्न धर्म एक नहीं हुए, तब भारत से बाहर उत्पन्न धर्म भारतीय धर्म के साथ कैसे एक होंगे। जब तक पूजा-पाठ और कर्मकांड धर्म का अंग माना जाएगा, तब तक सार्वभौम-धर्म का उदय न होगा। सहिष्णुता की भावना मात्र मानव-धर्म की कल्पना को साकार नहीं कर सकती। इसमें कोई आकर्षण नहीं है। लालित्य-शून्य काव्य जिस प्रकार मनोहर और ग्राह्य नहीं होता, उसी प्रकार आकर्शण व आडम्बर शून्य धर्म भी ग्राह्य नहीं होता।

परन्तु इस युग का आचार्य जिस धर्म का प्रचार कर रहा है, वह केवल विद्वानों और शिक्षितों के लिए है। यह नया धर्म जनसाधारण के लिए नहीं है। भारत के लिए यह कोई नई बात नहीं है। कहा गया है:

"यं शैवाः समुपासते शिव इति ब्रह्मेति वेदान्तिनो।
बौद्धाः बुद्ध इति प्रमाणपटवः कर्मेति नैयायिकाः।
अर्हन्नित्यथ जैनशासनरताः कर्मेति मीमांसकाः,
सोऽयं वो विदधातु वांच्छितफलं त्रैलोक्यनाथो हरिः॥"[1]

1. शैव जिसका शिव नाम से, वेदांती ब्रह्म नाम से, बौद्ध बद्ध नाम से,

इस भाव के प्रचारित होने पर भी यह देश धार्मिक दंगों और साम्प्रदायिक उत्पातों से मुक्त नहीं रहा। भारतीय और अभारतीय धर्म का भेदभाव विद्वान् भी दूर नहीं कर सके। वैदिक पंडितों ने भारतीय दर्शनों को आस्तिक और नास्तिक इन दो भागों में विभक्त रखा। इस युग के आचार्य ने इस भेद को स्वीकार नहीं किया है। प्रस्थान त्रयी के समान आपने 'धम्मपद' का भी भाष्य किया है। भगवान बुद्ध और भगवान कृष्ण के प्रति समान भाव से आपने श्रद्धा व्यक्त की है। आपमें धार्मिक कट्टरता का अवशेष भी नहीं है। ब्रह्मसूत्र और धम्मपद की आपने समान भाव से व्याख्या की है। आपकी विख्यात पुस्तक 'ईस्टर्न रिलीजंस एण्ड वेस्टर्न थॉट' इस बात का प्रमाण है कि ईसाई धर्म और यूरोपियनों के धर्म के प्रति उनकी भावना और दृष्टि के प्रति आपको गहरी सहानुभूति है। अपनी आध्यात्मिक अनुभूतियों को आपने नहीं छोड़ा है। उनपर दृढ़ता से कायम रहते हुए भी आप धर्मान्धता और कट्टरता से सर्वथा मुक्त रहे हैं, और यही एक बात आपको प्राचीन ऋषियों की श्रेणी में ले जाती है।

भारतीय दार्शनिक विचारधारा में आचार्य राधाकृष्णन् ने महत्त्वपूर्ण संस्कार और संशोधन किया है। आसंग, बसुवन्धु, अश्वघोष और अन्य यदि आज बादरायण और शंकर के साथ भारतीय दर्शन में स्थान पाते हैं, तो इसका श्रेय 'इण्डियन फिलासफी' के लेखक आचार्य डा० राधाकृष्णन् को ही है। धम्मपद का भाष्य करके अपने इस बात को व्यवहारतः प्रमाणित कर दिया कि भारतीय दर्शन में वेदान्त के समान बौद्ध-दर्शन को भी स्थान है।

1948 में डा० राधाकृष्णन् का 'प्रस्थान त्रय' प्रकाशित हुआ। वेदान्त का आपने अपने ढंग से मौलिक रूप में विकास किया है।

तार्किक नैयायिक कर्म से, जैन अर्हत नाम से, मीमांसक कर्म नाम से उपासना भक्ति करते हैं, वह त्रिलोकी हरि हमारे मनोरथ पूर्ण करे।

निस्सन्देह वे एक महान वेदान्ती हैं। शंकर, रामानुज, माधव और विवेकानन्द की पंक्ति में उनका सम्मानपूर्ण स्थान है। शंकर और रामानुज के समान आचार्य राधाकृष्णन् भी 'संप्रदाय-प्रवर्तक' हो सकते हैं, क्योंकि आपने परब्रह्म के दो पहलू देखे हैं। एक सर्वथा निर्गुण है, सब गुणों और उपाधियों से शून्य और विरहित है। दूसरा सक्रिय है। पहला ब्रह्म है और दूसरा ईश्वर है। ईश्वर सर्जक स्वाधीन है। विश्व में प्रकट ज्ञान-प्रेम और शक्ति हिरण्यगर्भ-विश्वात्मा है। ब्रह्मन्, सम्भावनाओं से सीमित है। यथार्थ में जो अनुभव किया जाता है, वह विश्व-आत्मा है, हिरण्यगर्भ है।

राधाकृष्णन् के सामाजिक दर्शन की विशेषता अध्यात्मवाद, सार्वभौमवाद और मानवतावाद है। मूलतः यह आध्यात्मिक है, क्योंकि डा० राधाकृष्णन् का विश्वास है कि इस सम्पूर्ण विश्व और इसके सम्पूर्ण विस्तार में ब्रह्मन् की आत्मा व्याप्त है। आचार्य राधाकृष्णन् का दर्शन एकदेशिक नहीं है, सार्वदेशिक है, क्योंकि मानव-बंधुता का प्रचार करता है। इसमें कट्टरता नहीं है, स्वार्थभावना भी नहीं है। मानव-समाज के कल्याण और मंगल के लिए यह दार्शनिक व्यग्र और व्याकुल है। किन्तु, इस मानवतावाद का आधार अध्यात्म है। आत्मा की एकता है। यह आध्यात्मिक मानवतावाद है, और विद्वानों की दृष्टि में कोमटे और अन्यों के मानवतावाद से यह भिन्न है।

आज के अशान्त विश्व में यह बहुत आवश्यक है कि पूर्व और पश्चिम एक-दूसरे को समझने और परस्पर एक होने का यत्न करें, और एक-दूसरे का सम्मान करें। डा० राधाकृष्णन् को प्राच्य और प्रतीच्य का ,गहरा ज्ञान है। उनकी श्रद्धा अगाध है, और पूर्व और पश्चिम के उच्च आदर्शों में उनका दृढ़ विश्वास है। उन्होंने अपनी साहित्यिक योग्यता, बौद्धिक समन्वयात्मक महती शक्ति और उच्च वाग्मिता के द्वारा प्राच्य और प्रतीच्य संस्कार के इन दोनों भागों के लिए यह सत्य समझना सम्भव कर

दिया है कि मानव एक है, और यही आचार्य का आचार्यत्व है।

बीसवीं शती के प्रारंभ में, पहली बार जब डा० राधाकृष्णन्। ने यूरोप और अमेरिका की यात्रा की और 'ज्ञान-दिग्वजय' का प्रारंभ किया तो अटलांटिक महासागर के दोनों ओर के देशों ने इस दार्शनिक का अभिनन्दन 'नवीन भारत का दार्शनिक' कहकर किया था। उसके बाद विश्व, ने इस महान दार्शनिक की महानता को अनुभव किया और माना कि यह इस युग का दार्शनिक है। यद्यपि आज भी वह एक ठेट हिन्दू के समान 'धर्म' की शब्दावली में बोलता है, फिर भी वह सोचता है, एक मानव की दृष्टि से। मानव-सभ्यता पर आनेवाले संकट की कल्पना इस 'द्रष्टा' ने बहुत पहले ही कर ली थी। 'कल्कि' इस बात का प्रमाण है कि वैज्ञानिक प्रगति और यंत्र-तंत्र-विज्ञान (टेकनालाजी) की उन्नति के सब परिणामों को इस 'द्रष्टा' ने बहुत पहले भांप लिया था। 'कल्कि' का प्रकाशन 1939 में हुआ था। इस द्रष्टा ने उस समय कहा था : "यद्यपि मानवता ने बाह्य शरीर के रूप में एकरूपता धारण कर ली है, गणवेश (यूनिफार्म) पहन लिया है, परंतु इसमें आज भी चेतना-शक्ति उत्पन्न करनेवाली व जीवनदायी आत्मा का अभाव है। विश्व एक मन का नहीं है।"

इस युग के आचार्य का कहना है : "नवीन परिस्थितियों के अनुसार अपने को ढालने में मानव असफल रहा है। विज्ञान ने यदि दूरी का अन्त किया है, तो उसने मानव के हाथ में अपार शक्ति भी दी है। विश्व के सब अनर्थों और मानव के सब संकटों का मूल इसमें निहित है।"

लार्ड होलडेन के बारे में कहा जाता था कि उसका दर्शन उसका मुत्सद्दीपन है। और उसका मुत्सद्दीपन ही उसका दर्शन है। पर डा० राधाकृष्णन् की बौद्धिक ईमानदारी और सचाई संदेहातीत है। दर्शन और राजनीति के मध्य डा० राधाकृष्णन् सीमा-पत्थर नहीं हैं। मानव-जीवन का अध्ययन करने में डा० राधाकृष्णन् ने अपना

जीवन खपा दिया है, क्षुद्र भावनाओं और विचारों को नष्ट कर दिया है, और वैयक्तिक महत्त्वाकांक्षाओं को नष्ट कर दिया है। यह आचार्य सृजनात्मक विकास की कामना करता है, वह क्षणिक पार्थिव व भौतिकवाद की ओर कभी आकृष्ट नहीं होता, सदा आत्मिक शक्तियों का साथ देता है।

डा० राधाकृष्णन् के जीवन का सर्वोच्च लक्ष्य सृजनात्मक विकास के लिए काम करना है। विज्ञान और टेकनालाजी ने जो नवीन परिस्थिति उत्पन्न की है, उसके अनुसार आधुनिक मानव अपने को ढालने और उसके अनुरूप अपने को बनाने में असमर्थ रहा है। आचार्य राधाकृष्णन् का मत है कि दोष विज्ञान और टेकनालाजी का नहीं है। मुख्य चीज़ है, मानव की प्रकृति। यदि हम मानव-प्रकृति से हिंसा-पशुता, दुराग्रह की भावना का अंत करना चाहते हैं, तो यह आवश्यक है कि हम मानव-समाज की महान आत्मिक शक्ति के साधनों को संग्रह करें। निस्सन्देह यह एक महान कार्य है। इस युग के महान आचार्य ने अपना जीवन इसके लिए अर्पित कर दिया है। यदि आचार्य चाणक्य के जीवन का चरम लक्ष्य संपूर्ण भारत को दृढ़ राजनीतिक एकता देना था, तो चाणक्य के बाद भारत में उत्पन्न हुए महान आचार्यों में से महानतम आचार्य के जीवन का चरम लक्ष्य सम्पूर्ण विश्व के मानवों में आत्मिक एकता उत्पन्न करना है।

ज्ञान-ऋषि

डा० राधाकृष्णन् कोरे दार्शनिक ही नहीं हैं; वे एक महान कला-मर्मज्ञ और साहित्य-मर्मज्ञ और कला को सक्रिय रूप से प्रोत्साहन देनेवाले और प्रसारक भी रहे हैं। साहित्य ललित-कला के डा०

राधाकृष्णन् प्रेमी ही नहीं हैं, बल्कि उसके प्रसार में तन-मनधन से सदा सहायता करते रहे हैं और कवियों एवं कलाकारों को बराबर प्रोत्साहन देते रहे हैं।

श्रीमती रुक्मिणीदेवी द्वारा संचालित 'कला-क्षेत्र', अडयार, श्रीमती दुर्गाबाई देशमुख द्वारा स्थापित व संचालित 'आंध्र महिला सभा', मलयपुर, श्रीमती सोफिया वाडिया द्वारा स्थापित 'पी० ई० एन०' केंद्र, भारत आदि की स्थापना, संचालन और अन्य अनेक प्रकार से आपने सहायता की है और इनके कामों को आगे बढ़ाया है। साहित्य अकादमी ने आपके परामर्शों एवं पथ-प्रदर्शन का सदा लाभ पाया है। कार्यकर्ताओं का आपने सदा अपनी चिरपरिचित मधुर मुस्कान से स्वागत किया है, उनको प्रोत्साहन दिया है और उनकी कठिनाइयां दूर करने में आर्थिक सहायता भी दी है। उनकी बहिन श्रीमती कृष्णमूर्ति का कहना है कि भाई ने राष्ट्रपति होने से पहले विभिन्न संस्थाओं और व्यक्तियों को दस हज़ार रुपया दान दिया है। कवियों और लेखकों ने सदा प्रोत्साहन पाया है। और भूमिका लिखने का किसीका अनुरोध कभी विफल नहीं गया।

1929 में आपने मद्रास से 'न्यू इरा' नाम से एक सांस्कृतिक मासिक पत्न का प्रकाशन प्रारंभ किया था। इसमें आपके सहायक थे श्री शेष चेलापति (आंध्र हाईकोर्ट के जज)। श्री शेष चेलापति ही इसके संपादक थे। यह पत्निका 'हिब्बर्ट जनरल' के ढंग पर निकाली गई थी। पत्निका का भविष्य उज्ज्वल दिखाई देता था। किंतु इसका जीवन अल्पायु रहा, केवल तेरह अंक निकले। यद्यपि इसमें विख्यात लोगों के साहित्य और राजनीति पर विचारपूर्ण लेख रहते थे। मद्रास से ही एक अन्य सांस्कृतिक पत्निका 'त्निवेणी' निकलती थी। यह तीसरे वर्ष में थी, पर इसका जीवन संकट में था। दीप-निर्वाण संचालकों को दीख रहा था। शेष चेलापति का सुझाव था कि 'न्यू इरा' को 'त्निवेणी' में मिला दिया जाय। श्री के० रायकोरीश्वर राव ने यह विचार पसंद किया। पर सुझाव दिया कि दोनों

पत्रिकाओं के संयुक्त होने पर इसके प्रथम परामर्शदाता मंडल में डा० राधाकृष्णन् प्रो०शाह और श्री शेष चेलापति, श्री सी० जिनराजदास, डा०पट्टाभि सीता रामैया के साथ रहें। डा० राधाकृष्णन् उस समय इंग्लैंड में 'हिब्बर्ट' व्याख्यानमाला (1929) दे रहे थे। अपने फौरन अपना नाम रखने की स्वीकृति दे दी। आपके नाम के साथ 'त्रिवेणी' का नया अंक निकला। इसके बाद आप बराबर 'त्रिवेणी' के विषय में रस लेते रहे। 'त्रिवेणी' के संपादक को आपसे सदा प्रोत्साहन मिला। अनंत निराशा की घड़ी में भी उन्हींके प्रोत्साहन और उनकी सहायता से त्रिवेणी बराबर आगे बढ़ती रही। 'त्रिवेणी' को जीवित रखने के लिए आपकी प्रेरणा ने सदा 'मकरध्वज' का काम किया। गांधीस्मारक निधि के अध्यक्ष व भूतपूर्व सूचना व प्रसार के राज्यमंत्री श्री दिवाकर ने गीता की टीका लिखी थी। डा० राधाकृष्णन् विधान परिषद् की बैठक की समाप्ति पर राजदूत होकर मास्को जाने को तैयार थे। श्री दिवाकर ने अपनी पुस्तक की भूमिका लिखने का निवेदन किया। अपने पुस्तक ले ली और मास्को की राह से भूमिका लिखकर भेजी। डॉ० राधाकृष्णन् का मत है कि तत्त्वज्ञान और दर्शन को विज्ञान के साथ रहना चाहिए। दोनों को परस्पर हाथ में हाथ देकर चलना चाहिए और विश्व-शांति के लिए प्रयत्न करना चाहिए। "हर युग का एक विश्वास होता है। हमारा युग विज्ञान के प्रति वचनबद्ध है। साधारण जनता का बड़ा भाग आज 'जेइट जेइस्ट' की भावना से पूर्ण है।" चूंकि विज्ञान ने नये तथ्यों की खोज की है, अतः तत्त्वज्ञान की मांग आज पहले से भी अधिक है। "तत्त्वज्ञान विचार व ध्यान का फल है। इसकी आज सर्वोच्च आवश्यकता है। आवश्यकता के संसार में यह स्वाधीनता का चिह्न है।"

डा० राधाकृष्णन् स्वतः एक उच्चकोटि के साहित्यिक हैं। दर्शन कांग्रेस के स्वागताध्यक्ष के नाते 1934 में भाषण देते हुए आपने भाषण के अंत में 'आस्कर वाइल्ड' का एक भाग उद्धृत किया और उसपर टिप्पणी करते

हुए कहा : "आस्कर वाइल्ड" ने बहुत अच्छी कहानी इस प्रकार कही है—ईसा अरगवानी रंग के शहर से श्वेत विमान द्वारा भूतल पर आया। जब वह पहली गली में से गुज़र रहा था, तब उसने अपने सिर के ऊपर से एक आवाज़ आते हुए सुनी, और देखा कि नौजवान शराब के नशे में खिड़की में लेटा पड़ा है। ईसा ने उससे पूछा : 'तुम अपनी आत्मा शराब के नशे में क्यों बरबाद करते हो ?' शराबी ने जवाब दिया : प्रभु, मैं कोढ़ी था। अपने मुझे अच्छा किया। मैं और क्या कर सकता हूं ?' ईसा शहर में और कुछ आगे बढ़े। ईसा ने देखा कि एक युवा एक वेश्या (हारलोट) का अनुसरण कर रहा है। उस युवक से ईसा ने पूछा : 'तुम व्यभिचार में अपनी आत्मा क्यों नष्ट करते हो ?' युवक ने जवाब दिया : 'प्रभु मैं अंधा था। आपने दृष्टि दी। मैं अब और क्या कर सकता हूं ?' ईसा और आगे बढ़े, शहर के मध्य पहुंच गए। उन्होंने देखा कि एक बूढ़ा आदमी ज़मीन पर बैठकर रो रहा है। ईसा ने पूछा : 'तुम क्यों रो रहे हो ?' बूढ़े ने जवाब दिया : 'प्रभु, मैं मर गया था। मुझे आपने जीवन दिया। मैं और क्या कर सकता हूं ?' कहानी यहां समाप्त हो जाती है। यदि जीसस अब इस लोक की यात्रा करे और देखे कि हम सुख-आराम, विलास की प्रवृत्ति के हैं, और हम उग्र सैनिक राष्ट्रवाद सदृश दानव की पूजा करते हैं, और निर्दोष नौजवानों की नसों में पिघलता धुआं डालते हैं, जिससे यह परस्पर विनाश की अज्ञात उच्चतम सीमा पर पहुंचे और पूछे—अनेक शताब्दियों की सभ्यता के बाद भी तुम क्यों इस विशाल परिमाण में भानव-बलिदान के लिए उद्यत हो ? हमारा जीसस को जवाब होगा : प्रभु ! आपने हमको आंखें दीं, पर दृष्टि नहीं दी; आपने हमको दिमाग दिया, पर आत्मा नहीं दी; आपने हमें विज्ञान दिया, पर तत्त्वज्ञान और दर्शन नहीं दिया।"

डा० राधाकृष्णन् का तत्त्वज्ञान ललित साहित्य से ओत-प्रोत है। यही कारण है कि उनके ग्रन्थ सर्वत्र दुनियाभर में—अंग्रेज़ी जाननेवाले जगत् में पढ़े जाते हैं। डा० राधाकृष्णन् की भाषा बहुत ओजस्वी है। व्याख्यानों

के ही समान उनकी पुस्तकें भी ओजपूर्ण हैं : उनके भाषणों में कला के पूर्ण दर्शन होते हैं। 1931 में एक विश्वविद्यालय का दीक्षान्त भाषण देते हुए आपने कहा था :

"पीड़ितों के प्रति उत्पन्न नैसर्गिक सहानुभूति को हम दबाते हैं, किंतु इससे हमको कोई लाभ नहीं पहुंचता। विशाल पैमाने पर विद्यमान अन्याय को स्वीकार करना, वह कीमत है, जो हम आराम और भौतिक सुख पाने के लिए देते हैं। हम उस कुमार्ग, भूल और मिथ्या की प्रशंसा करते हैं, जो हमारे लाखों बन्धु-बांधवों को मानवीय अधिकारों से वंचित रखे हुए हैं, और हम अपनी स्थायी लज्जा को (पराधीनता को) धर्म के सन्तोष-सुख से ढंके हुए हैं।"

डा० राधाकृष्णन् ने 1918 में कवीन्द्र रवीन्द्रनाथ का वर्णन इस प्रकार किया था : "वह पूर्ण दृष्टि है, जो कभी पूर्ण विभाजन को स्वीकार नहीं कर सकती।" इन शब्दों में संभवतः अनजाने डा० राधाकृष्णन् ने अपना ही समग्र रूप वर्णन कर दिया था। साहित्य, इतिहास और तत्त्वज्ञान का यह गम्भीर अध्येता ललित कला में भी रस लेता है। संगीत और नृत्य से उसको प्रेम है।

अनेक बार डा० राधाकृष्णन् सूक्तियां कहते हैं, जो स्मरण करने योग्य हैं। यथा : धर्म, वायलिन बाजे की तार के समान है। यदि इसको हटा दिया जाए तो इसकी प्रतिध्वनि अंग से कोई स्वर निकलेगा तो वह गलत होगा।

मिस्र का सम्राट् आखेन-अटेन अवश्य तत्त्वज्ञानी था, भारत के जनक और अशोक भी तत्त्वज्ञानी थे, इसी प्रकार रोम का मार्कस और लियस भी धामिक था, परन्तु इनमें से कोई कला-मर्मज्ञ और साहित्यिक भी था, यह इतिहास नहीं बताता। परंतु डा० राधाकृष्णन् उच्च कोटि के रसिक और कलाविद् हैं। अतः यदि डा० राधाकृष्णन् को अनेक लोग 'संस्कृति-मूर्ति' के रूप में देखते हैं। उनका यह दर्शन वस्तुतः यथार्थ है। वैदिक साहित्य में कहा गया है : 'आत्म संस्कृतिर वाव शिल्पणी' अर्थात्

ललित कला आत्मा की संस्कृति है।

डा० राधाकृष्णन् को कर्णाटक के संगीत से अपार प्रेम है। कला का सीधा संबंध हृदय से है। डा० राधाकृष्णन् भी बौद्धिक ज्ञान की तुलना में हृदय की अनुभूति को अधिक महत्त्व देते हैं। आपका कहना है: "भारत में आध्यात्मिक विचारकों ने, पश्चिम के ही समान सर्वोच्च सत्य की प्रकृति का निश्चय बुद्धि से किया है। किन्तु सत्य की खोज में उन्होंने मानसिक चिंतन को साधन के रूप में पहला स्थान नहीं दिया है। इसको गौण स्थान दिया है। पहला स्थान सदा आध्यात्मिक प्रज्ञा और प्रकाश एवं आध्यात्मिक अनुभव को दिया गया है। इस सर्वोच्च सत्ता का खण्डन करनेवाले बौद्धिक निष्कर्ष को प्रमाणिक नहीं माना जाता। पश्चिम में स्थिति इसके विपरीत है। वहां युक्ति-युक्त तर्क, बुद्धि और विचार या चिंतन को पहला स्थान प्राप्त है। यदि यह अन्तर हो तो मुझ जैसे सत्य-शोधक के लिए पथ-प्रदर्शन के लिए पूर्व की ओर जाने की आवश्यकता न हो, क्योंकि विशुद्ध बौद्धिक क्षेत्र में पूर्वीय ऋषि के ही समान पाश्चात्य विचारक पूर्णतः समर्थ और योग्य है।"

भारत का यह दार्शनिक उच्च कोटि का एक कलाकार है, कोरा शब्द-शिल्पी नहीं है। आपकी मान्यता है कि आर्थिक प्रगति, राजनीतिक उन्नति और सामाजिक समयोजन का आधार आध्यात्मिक मूल्य ही है। कला का मूल्य है, क्योंकि वह आध्यात्मिक मूल्य की स्थापना में सहायक है। बुद्धि के ऊपर आत्मा और हृदय को उसमें स्थान प्राप्त है। अतः डा० राधाकृष्णन् कला-उपासक हैं। बाल-रवि को सेंकते हुए कण्ठस्थ स्तोत्रों को स्वतः गाते हैं। डा० राधाकृष्णन् को यद्यपि सार्वजनिक रूप से गाते हुए जनता ने नहीं सुना है। किंतु उनको संगीत से प्रेम ही नहीं है, वे स्वतः गाते हैं। कण्ठस्थ श्लोकों का सस्वर पाठ करते हैं। इस समय उनका कलाकार का रूप दृग्गोचर होता है।

राजदूत के रूप में

शिक्षा आयोग का कार्य समाप्त होने के बाद और उपराष्ट्रपति चुने जाने से पहले डा० राधाकृष्णन् 1950 में मास्को में राजदूत नियुक्त किए गए। अनेक तत्त्वज्ञानी पहले भी राजदूत का कार्य कर चुके हैं। परन्तु एक शिक्षक को दो अपरिचित देशों को मित्र बनाने के उद्देश्य से राजदूत बनाकर भेजना सर्वथा भिन्न बात थी। सोवियत रूस और भारत के बीच उस समय मैत्री नहीं थी। विश्व में तनाव का वातावरण था। शीतयुद्ध ज़ोरों पर था। बर्लिन का घेरा उठा लिया गया था, और रूस ने अभी अणुबम तैयार नहीं किया। था, परन्तु विश्व मार्शल स्तालिन के आतंक से आतंकित था। सोवियत रूस भारत को ब्रिटेन का एक अनुवर्ती राष्ट्र मानता था। ब्रिटिश राष्ट्रकुल (ब्रिटिश कामनवेल्थ) में रहनेवाला देश भारत पूर्ण स्वाधीन हो सकता है, यह रूस मानने को तैयार नहीं था। भारत के प्रधानमंत्री को रूसी रेडियो ब्रिटिश साम्राज्य का 'बुलडाग' कहता था, इस कारण मास्को में भारत के राजदूत के रूप में राधाकृष्णन् की नियुक्ति का एक विशेष अर्थ था। स्वाधीन भारत के इतिहास में यह एक अपूर्व घटना थी।

द्वंद्वात्मक भौतिकवाद के देश में तुलनात्मक धर्म के प्रोफेसर को राजदूत नियुक्त करने का कोई स्पष्ट कारण दिखाई नहीं देता था। प्रधानमंत्री ने यह नियुक्ति अपनी सहज बुद्धि की प्रेरणा से की थी। ऊपर से देखने पर, सकृद् दर्शन में यह एक ज्योतिषी को नारियल के पेड़ पर चढ़ने के लिए कहना था। यदि डा० राधाकृष्णन् को पीपिंग (पेकिंग) में राजदूत बनाकर भेजा जाता, तो कुछ भी आश्चर्य न होता ; क्योंकि इससे पहले वे चीन गए थे और चीन उनके भाषणों से अत्यन्त प्रभावित हुआ था। चीन से उनका घनिष्ठ परिचय हो गया था। चीन फिर कनफ्यूशियस

का देश है। बौद्ध धर्म वहां प्रचलित रहा है। डा० राधाकृष्णन् के लिए चीन का राजदूत होना अधिक स्वाभाविक था। यह सांस्कृतिक दूत के सर्वथा उपयुक्त नज़र आता। किंतु मास्को में तो विशुद्ध रूप से राजनयिक कार्य था। डा० राधाकृष्णन् के लिए यह सर्वथा नया काम था।

डा० राधाकृष्णन् की नियुक्ति का रूस ने हार्दिक स्वागत किया। नीदरलैंड द्वारा निर्दिष्ट व्यक्ति को राजदूत बनाने की स्वीकृति देने में सोवियत रूस ने छः मास लगाए थे, पर डा० राधाकृष्णन् को स्वीकार करने में उसने दो सप्ताह भी नहीं लगाए। स्पष्ट है कि सोवियत रूस ने इस नियुक्ति का हार्दिक अभिनंदन किया। मार्शल स्तालिन इस समय जीवित थे। यह इस बात का प्रमाण था कि सोवियत रूस भारत की मैत्री को, भारत से मैत्री बढ़ाने को मूल्यवान मानता था।

विश्व-राजनीति में भारत को महत्त्व देनेवाली दो वस्तुएं मुख्य हैं। एक इसकी जनसंख्या और दूसरे इसकी दक्षिण एशिया में भौगोलिक स्थिति। सब भूमंडलीय हवाई मार्ग भारत होकर जाते हैं। भारत की तटस्थता-नीति का महत्त्व इसी कारण है। इसी कारण दोनों पक्ष इसको पूछते हैं। यदि भारत के पास अजेय सैनिक शक्ति होती, तो जागतिक राजनीति में उसका वही महत्त्व होता जो महाभारत-युद्ध में श्रीकृष्ण का था। अतः सोवियत रूस द्वारा डा० राधाकृष्णन् की नियुक्ति को मान्यता प्रदान करना वस्तुतः ऐतिहासिक दृष्टि से महत्त्वपूर्ण था।

राजदूत होने का प्रस्ताव स्वीकार करने के साथ डा० राधाकृष्णन् ने एक शर्त रखी थी। वह यह कि वे अक्सफोर्ड में तुलनात्मक धर्म की प्रोफेसरी कायम रखेंगे। यह एक असाधारण अनुरोध था। परन्तु भारत के प्रथम प्रधानमंत्री को यह स्वीकार करने में कोई आपत्ति नहीं हुई। प्रधानमंत्री जानते थे कि डा० राधाकृष्णन् एक असाधारण व्यक्ति हैं। दूसरे मास्को के दूतावास में काम उस समय अल्प था। भारत और रूस के बीच उस समय मैत्री थी, पर औपचारिक थी। वह सक्रिय नहीं अक्रिय थी।

शीतयुद्ध शिखर पर था और मार्शल स्तालिन भी अपनी शक्ति के सर्वोच्च शिखर पर थे। अन्तर्राष्ट्रीय क्षितिज में सब कुछ जमा हुआ था। सोवियत सरकार ने कोई वेगवान प्रबल कार्य भी नहीं किया। यह तो म० ख़ुश्चेव के समय दिखाई दिया। म० ख़ुश्चेव के प्रधानमंत्री और कम्युनिस्ट पार्टी का मंत्री बनने के बाद ही भारत-रूस की मैत्री बढ़ी, विकसित हुई, और रूस ने तटस्थ राष्ट्रों को महत्त्व दिया। यदि म० ख़ुश्चेव के अपदस्थ होने से सर्वाधिक चिंतित और दुःखी भारत हुआ तो यह आश्चर्य की बात नहीं है। क्योंकि तटस्थता की नीति को मान्यता प्रदान करने और उसका गौरव करने और भारत का महत्व बढ़ाने वाला अन्तर्राष्ट्रीय व्यक्ति म० ख़ुश्चेव ही था। अतः 1950 में मास्को में राजदूत दर्शक-मात्र थे, रंगमंच के अभिनेता नहीं थे। वे केवल प्रतीक्षा में खड़े रहनेवाले और सेवा करनेवाले मात्र थे। परन्तु डा० राधाकृष्णन् इस प्रकृति के व्यक्ति नहीं। वे अत्यधिक बौद्धिक प्राणी हैं। अतः साल में तीन बार, प्रत्येक बार आठ सप्ताह के वास्ते वे आक्सफोर्ड जाते और अपने दिमाग को ताज़ा करते।

मास्को में डा० राधाकृष्णन् अपने ढंग के एक अपूर्व और विलक्षण व्यक्ति थे। मास्को की कड़ी सर्दी में भी आपने अपनी धोती नहीं छोड़ी। सिर्फ फर-कोट, फर-टोपी और फर-बूट ही विशेष वस्तुएं धारण कीं। इनकी सहायता से आपने रूस की सर्दी पर विजय पाई। भारत की देखादेखी, सीलोन ने भी अपना प्रसिद्ध तत्त्वज्ञानी डा० मालाशेखर को मास्को में अपना राजदूत नियुक्त किया था। डा० मालाशेखर ने डा० राधाकृष्णन् की नकल में लुंगी ही में मास्को में रहने का निश्चय किया। पर वे सर्दी खा गए और बीमार हो गए, फलतः एक वर्ष बीतते-बीतते ही उनको कोलम्बो वापस लौटना पड़ा। परन्तु डा० राधाकृष्णन् रूस की सर्दी अपना लिबास बदले वगैर भी सफलतापूर्वक काट सके। शेष सब राजदूतों के लिए यह एक आश्चर्य की बात थी।

डा० राधाकृष्णन् किसी भी पश्चिमी विचारक के समान पश्चिमी तत्त्वज्ञान से पूर्णतया अवगत हैं। फिर उनकी अंग्रेज़ी भी किसी साहित्यिक अंग्रेज़ से कम नहीं है। वे अंग्रेज़ी बोलते भी हैं तो एक अंग्रेज़ के समान, इसपर भी वे पांव की अंगुली की नोक से लेकर सिर तक भारतीय थे। मास्को के लिए वस्तुतः यह एक अद्भुत बात थी।

डा० राधाकृष्णन् विलक्षण प्रतिभा, अपूर्व मेधाशक्ति के व्यक्ति हैं। मास्को के राजनयज्ञों की दुनिया में पहुंचकर भी वे बदले नहीं। राजनयज्ञों के प्रचलित कनवेंशनों का भी उन्होंने पालन नहीं किया। राजनयज्ञों के लिए सर्वाधिक महत्त्व की वस्तु कनवेंशन हैं। आचार-व्यवहार का परिपालन इसके ही द्वारा होता है। इसको तो वे अपना श्वास-प्रश्वास मानते हैं। यह उनकी मर्यादा की रक्षा करता है। परंतु उनके मध्य एक ऐसा व्यक्ति भी था, जो इनकी परवाह नहीं करता था। जैसे राजनयज्ञों में एक विधि और नियम है कि रात्रिभोज के समय सब ठीक अपने क्रम से बैठे। क्रम का निर्णय इस बात से होता है कि कौन राजदूत कितने समय से वहां रह रहा है। वरिष्ठता और कनिष्ठता का सूचक है, वे वर्ष, जितने समय से वह वहां राजदूत है। बैठने में वरिष्ठता का पूर्ण रूप से ध्यान रखा जाता है। इसीमें और एक नियम है कि कोई राजदूत वरिष्ठतम राजदूत (डायेन) के जाने से पहले मेज़बान से जाने के लिए विदाई नहीं मांग सकता। डा० राधाकृष्णन् इस कनवेंशन की ओर से सर्वथा उदासीन थे। दस बजे उनको शयन-बिस्तर पर होना चाहिए। इस नियम का वे वहां भी कड़ाई से पालन करते थे। वे मानते थे : 'जल्दी सोना और जल्दी उठना, मनुष्य को स्वस्थ, बुद्धिमान और धनी बनाता है।'

राजनयज्ञों की आधी-आधी रात तक चलनेवाली पार्टियों में डा० राधाकृष्णन् का बैठना आत्मपीड़न था। रात के दस बजते ही डा० राधाकृष्णन् में कुलबुलाहट पैदा हो जाती थी। वे अपना अधैर्य अपने सामने पड़ी मेज़ पर हाथ बजाकर प्रकट करने लगते। फिर वे गीता का

कोई श्लोक गुनगुनाने लगते। अंत में निरुपाय हो वे साहस कर उठ खड़े होते, मेज़बान से हाथ मिलाते और पार्टी से चले जाते। उनको जाते देखकर कुछ राजनयज्ञ परस्पर कोहनी मारकर संकेत करते और कहते : "फिलासफर (दार्शनिक) जा रहा है।"

मास्को में परंतु पुराने अभ्यस्त राजनयज्ञों की अपेक्षा यह दार्शनिक अधिक सफल हुआ। यह सफलता और अधिक महान थी, क्योंकि यह बिना मांगे मिली थी। डा० राधाकृष्णन् की विनम्रता ने सबको निःशस्त्र कर दिया था। डा० राधाकृष्णन् ने मास्को में रहते हुए, अपने ही कथनानुसार सर्वाधिक उपयोगी कार्य, उन्होंने उपनिषदों का अनुवाद करने का किया। परंतु यह कथन कुछ अतिशयोक्ति पूर्ण था। यद्यपि वे अनावश्यक रूप से परराष्ट्र मंत्रालय नहीं जाते थे। वे विभिन्न दूतावासों में भी नहीं जाते थे। और न सोवियत यूनियन के विषय में उनकी राय के साथ अपनी राय का मिलान करते थे। लेखा-परीक्षक की आपत्ति का भी जवाब देने की वे चिंता नहीं करते थे। वे इन सब बातों से ऊपर और दूर रहते थे। आपके सहायकों में एक श्री गुणदीव (नागालैंड के विद्रोहियों से संधि-वार्ता करनेवाले दल के नेता) थे। उनपर आपको बहुत भरोसा था। अतः सब काम आपने उनपर छोड़ दिया था। दूतावास का संचालन श्री गुणदीव करते थे और निवास-स्थान का उनकी मोहिनी पत्नी श्रीमती राधाकृष्णन् करती थीं। दार्शनिक राजदूत दिन के बारह घंटे पढ़ने में बिताता था और उपनिषदों का अनुवाद करता था।

सफल राजदूत होने के लिए विशिष्ट व्यक्तित्व अपेक्षित है। डा० राधाकृष्णन् में यह अमित मात्रा में था। उनके व्यक्तित्व का जादू मास्को में छाया हुआ था। राजदूत की सफलता इसमें नहीं है। कि वह क्या करता है, पर इसमें है कि वह क्या है। अपने प्रति, स्वात्मा के प्रति सच्चा होना बड़े साहस की बात है। यह प्रतिभाशाली व्यक्ति का एक गुण माना जाता है। डा० राधाकृष्णन् को अपने से भय न था। उन्होंने अन्य पेशेवर

राजदूतों के समान व्यवहार नहीं किया। परंतु अपने चारों ओर गरिमा, सौंदर्य और बड़प्पन का कृत्रिम वातावरण उत्पन्न किया। परंतु अपने दो असाधारण गुणों, सचाई और ईमानदारी और तटस्थता का पूर्ण मात्रा में उपयोग किया और सफल राजदूत कहलाए।

मार्शल स्तालिन के जीवन-काल में तटस्थ रहना और तटस्थता की वृत्ति दिखाना सरल नहीं था। फिर वे दिन प्रचंड शीतयुद्ध के थे। स्तालिन विभक्त विश्व को देखने का अभ्यस्त था। विश्व पूंजीवादी और कम्युनिस्ट जगत् में विभक्त था। स्तालिन की नज़रों में भारत का नाम पूंजीवादी देशों में था। ग्रेट सोवियत एनसाइक्लोपीडिया (रूसी विश्वकोष) में महात्मा गांधी तक को कलुषित रूप में अंकित किया गया था। रूसी पत्रों में उन दिनों लेख निकलते थे कि भारत एंग्लो-अमेरिका के आंचल पकड़कर चलनेवाला देश है। इसपर भी डा० राधाकृष्णन् शांत रहे। उन्होंने अपनी गंभीरता नहीं खोई, क्योंकि वे जानते थे कि यह क्षणिक भाव है। स्तालिन अमर नहीं है। यह उनका दृढ़ विश्वास था। भारत और रूस दो पड़ोसी राष्ट्र अवश्य एक दिन निकट आएंगे और मित्र होकर रहेंगे।

किसी एक ही व्यक्ति के लिए आक्सफोर्ड और मास्को को मिलाना, राजदूतत्व और राजनयज्ञता को एक करना सरल नहीं है। डा० राधाकृणन् ही इन दोनों को एक में मिला सकते थे। यही उनकी सफलता है। भारत-रूस मैत्री का पौधा डा० राधाकृष्णन् ने रोपा था। इस पेड़ के फलने-फूलने के योग्य भूमि भी आपने तैयार की थी। अलिप्तता और तटस्थता की नीति का उसके बाद से विस्तार हुआ है। किन्तु इसके आदि व्याख्याता और भाष्यकार डा० राधाकृष्णन् ही हैं। भारत क्रांति और प्राचीनता का, अणु-युग के ज्ञान और वैदिक युग की बुद्धि का मेल है। अतः भारत के इस जीवित प्रतीक के लिए रूस को भारत का मित्र बनाना संभव हुआ। डा० राधाकृष्णन् का व्यक्तित्व अदम्य सिद्ध हुआ, और उसके

द्वारा भारत का व्यक्तित्व भी अदम्य सिद्ध हुआ। दार्शनिक राधाकृष्णन् के गंभीर अंतस्तल में पवित्र मानवता है। उसकी ही दीप्त चिनगारी डा० राधाकृष्णन् को सर्वत्र प्रिय और आकर्षक बनाती है। यह मानवता की भावना ही मास्को में विजयी हुई।

14 जनवरी को डा० राधाकृष्णन् मास्को में अपने घर बैठे हुए थे। उनके ही निवास-स्थान पर सपत्नीक श्री राजेश्वरदयाल भी आए हुए थे। सब चाय पीने बैठे हुए थे। इसी समय फोन की घंटी बजी। श्रीमती शीला दयाल के फोन उठाने से पहले ही डा० राधाकृष्णन् ने कहा—यह स्तालिन का होना चाहिए।

शीला दयाल ज़ोर से हंस पड़ी और बोली—असंभव।

इसपर श्री राजेश्वरदयाल ने फोन का रिसीवर उठाया। परंतु वे एकदम वापस आ गए और उन्होंने डा० राधाकृष्णन् से कहा कि वे आपको ही चाहते हैं। डा० राधाकृष्णन् गए। संवाद् था : "अक्तूबर-नवम्बर में पद-ग्रहण के बाद ही आप यूनेस्को की बैठक में भाग लेने चले गए। दिसम्बर में माओ त्से-तुंग आ गए। स्तालिन उनके साथ व्यस्त रहे। आज पहला खाली और मुक्त दिन है। और स्तालिन आपसे आज ही मिलना चाहते हैं।"

डा० राधाकृष्णन् की आदत से परिचित होने के कारण भेंट का समय रात नौ बजे का रखा गया था, आधी रात का नहीं, जैसाकि साधारणतः रखा जाता है। जब डा० राधाकृष्णन् श्री राजेश्वर-दयाल के साथ गए, तो श्री विशिंस्की मार्शल स्तालिन से बात कर रहे थे। पावलोव दुभाषिए का काम कर रहे थे। डा० राधाकृष्णन् ने स्तालिन से बात करते हुए एक भारतीय उपाख्यान सुनाया : "हमारे देश में एक सम्राट हुआ है, जो एक भयंकर खूंखार लड़ाई लड़ने के बाद भिक्षु हो गया था। आप रक्तपथ से गुज़रकर प्रभुता के सिंहासन पर पहुंचे हैं। कौन जानता है कि आप भी उसीके समान हो जाएं।" स्तालिन मुस्कराए और बोले : "हां, कभी-कभी चमत्कार होते हैं। मैं पांच साल धर्मशास्त्र के स्कूल में रहा हूं।"

गणराज्य दिवस 26 जनवरी को श्रीमती दयाल ने स्वागत-पार्टी दी। श्री पावलोव ने श्रीमती शीला दयाल से पूछा : "आपके राजदूत ने हमारे 'बॉस' के स्वागत को कैसा पसंद किया ?"

इसके जवाब में श्री राजेश्वरदयाल ने पूछा : "आपके 'बॉस' ने हमारे राजदूत के साथ हुई मुलाकात को कैसा पसंद किया ? उनके मन पर क्या असर रहा ?"

पावलोव ने कहा : "आप लोगों के जाने के बाद स्तालिन ने कहा—वे एक संकीर्ण देशभक्त नहीं हैं। उनका हृदय पीड़ित मानवता के लिए द्रवित होता है।"

5 अप्रैल, 1952 को श्री विशिंस्की ने डा० राधाकृष्णन् के सम्मान में एक पार्टी दी। डा० राधाकृष्णन् सोवियत रूस से विदाई ले रहे थे। यह पहला मौका था, जब रूस के परराष्ट्र मंत्री ने एक देश के राजदूत के सम्मान में पार्टी दी थी। डा० राधाकृष्णन् की सुविधा का ख्याल करके स्वागत-भोज मध्याह्न में आयोजित किया गया था। इसी समय श्री विशिंस्की ने डा०राधाकृष्णन् से कहा: " 'बास' आपसे मिलना चाहते हैं।" डा० राधाकृष्णन् के पास कुछ घंटे ही शेष थे। क्योंकि अगले दिन प्रातः काल वे भारत के वास्ते रवाना होनेवाले थे। अतः उसी रात दोनों की मुलाकात हुई।

डा० राधाकृष्णन् ने इस भेंट का ज़िक्र करते हुए बताया। स्तालिन का चेहरा कुछ सूजा हुआ था। अतः राधाकृष्णन् ने स्तालिन के गालों पर हाथ फेरा और उनकी पीठ को थपथपाया। इसके साथ उन्होंने अपना हाथ उसके गले में डाला। स्तालिन ने कहा: "आप पहले व्यक्ति हैं, जिसने मेरे प्रति मुझको मनुष्य समझकर बर्ताव किया है, दानव समझकर व्यवहार नहीं किया है। आप हम सबको छोड़कर जा रहे हैं, इसका मुझे दुःख है। मैं चाहता हूं कि आप दीर्घजीवी हों। मैं अधिक दिनों तक जीवित नहीं रहूंगा।" इसके छः मास बाद स्तालिन की मृत्यु हो गई।

डा० राधाकृष्णन् ने जब विदाई ली, तो स्तालिन की आंखें सजल हो

गईं। इस बात को सबने देखा। अधिनायक (डिक्टेटर) हो या सामान्य व्यक्ति हो, डा० राधाकृष्णन् के यहां कोई भेद नहीं है। वे सबको अपनी गहरी सहानुभूति के साथ देखते हैं। विद्वान्, तत्त्वज्ञानी और पण्डित की अपेक्षा डा० राधाकृष्णन् मनुष्य अधिक हैं। इसलिए वे जहां जाते हैं, वहां विजयी होते हैं, जो काम करते हैं, उसमें यशस्वी होते हैं।

उपराष्ट्रपति

भारत के नवीन संविधान के अधीन सार्वत्रिक, वयस्क मताधिकार के आधार पर पहला निर्वाचन 1952 में हुआ। इसी वर्ष डा० राधाकृष्णन् निर्विरोध भारत के उपराष्ट्रपति चुने गए। इस पद का गौरव आपने 11 मई, 1962 तक बढ़ाया। इसके साथ ही आपने दिल्ली विश्वविद्यालय का कुलपति होना भी स्वीकार किया। 'साहित्य अकादमी' की स्थापना के बाद आप उसके उपाध्यक्ष भी नियुक्त हुए। उपराष्ट्रपति होने के कारण आप दिल्ली विश्वविद्यालय के कुलपति नहीं हुए थे। इन दोनों पदों का परस्पर कोई संबंध नहीं। विश्वविद्यालय का एक शिष्टमंडल डा० राव के नेतृत्व में आपसे इसके लिए प्रार्थना करने गया था। उस अनुरोध को स्वीकार करके अपने एक नई परंपरा का श्रीगणेश किया। उपराष्ट्रपति का पद गौरवपूर्ण है, उपयोगी और आवश्यक है, यह अपने अपने दस साल के काम से दिखा दिया। भारत के प्रथम राष्ट्रपति डा० राजेन्द्रप्रसाद की मास्को-यात्रा के समय और उनकी 1961 की भयंकर बीमारी के समय राष्ट्रपति का भी कार्य किया, यद्यपि आप रहे अपने पुराने ही स्थान पर। निवास-स्थान इन दिनों नहीं बदला। वेतन भी आप उपराष्ट्रपति पद का ही लेते रहे।

अमेरिका के समान भारत में भी उपराष्ट्रपति राज्यसभा की पहले अध्यक्ष होता है। यद्यपि अमेरिका की सीनेट के समान राज्यसभा को अधिकार प्राप्त नहीं हैं। उसका स्थान भी संवैधानिक दृष्टि से लोकसभा की तुलना में गौण है। संविधान-निर्माण के समय विधानपरिषद में अनेक सदस्यों ने दूसरे की आवश्यकता, और उपयोगिता पर सन्देह प्रकट किया था और उसको अनावश्यक और अजागलस्तन के समान व्यर्थ बताया था। किंतु डा० राधाकृष्णन् ने नियमित रूप से इसका अध्यक्ष-स्थान ग्रहण करके इसका महत्व प्रमाणित कर दिया और उसकी उपयोगिता सिद्ध कर दी।

आप संविधान के किसी अनुच्छेद की कोई नई व्याख्या देगे या विधि-सम्बन्धी अपने निर्णय से कोई नई परम्परा स्थापित करेंगे, यह किसीने नहीं सोचा था। परन्तु इसके साथ यह भी सत्य है कि आपने किसी प्रश्न पर अपना निर्णय देना कल पर नहीं छोड़ा। जो कोई प्रश्न सम्मुख आया उसका जवाब आपने उसी समय अपनी प्रज्ञा से दिया।

आप जब राज्यसभा के अध्यक्ष थे, तब उसके सदस्यों में अनेक माने हुए दिग्गज वक्ता और पार्ले मेंटेरियन थे। डा० अंबेडकर भी इसके सदस्य थे, अदम्य श्री भूपेश गुप्त तो थे ही। परंतु कभी तूफान नहीं आया। कभी वितण्डावाद नहीं हुआ। अशान्ति का वातावरण भी कभी उत्पन्न नहीं हुआ। सदस्यों ने कभी मर्यादा का उल्लंघन नहीं किया। एक ने तो अपना अनुभव बताया कि डा० राधाकृष्णन् पुनः कालेज के छात्रों को पढ़ाते हुए दिखाई देते थे और सदस्यगण छात्रों के समान बर्ताव करते हुए प्रतीत होते थे। कांग्रेस पार्टी का अत्यधिक बहुमत होने से भी आपको वहां अनुशासन रखने में सहायता मिली। पहले छः सालों में तो वहां विरोधी दल के सदस्यों की संख्या बहुत कम थी।

सबसे बड़ी बात यह है कि आपसे किसी सदस्य को कभी कोई शिकायत नहीं हुई। सबको बोलने का आपने अवसर दिया। यदि किसीने

ज़्यादा समय लिया और संकेत करने पर नहीं रुका, तब आपका यह कहना, 'सीता परमानन्द, आप काफी कह चुके', वक्ता को बैठ जाने के लिए विवश कर देता था। यहां आपकी प्रज्ञा, सहज वृत्ति, सरलता, विनोदी वृत्ति आदि आपके सभी बहुचर्चित गुण नज़र आए। आपकी विद्वत्ता के आतंक को न माननेवाले सदस्य भी आपके सौजन्य और आपकी भद्रता और शिष्टता के कारण सदा विनम्र बने रहे। आपने स्नेह की वर्षा करके, उदारता का व्यवहार करके और सरकार को सदस्यों के अधिकारों का अतिक्रमण करने से रोककर सदस्यों की श्रद्धा और उनका विश्वास प्राप्त किया। फलतः आप सफल और अद्वितीय अध्यक्ष सिद्ध हुए। राज्यसभा भी आपको अपना पहला अध्यक्ष पाकर धन्य हो गई। विश्व के किसी वरिष्ठ सदन का अध्यक्ष शायद ही कभी इतना अधिक विश्वविख्यात व्यक्ति और विश्वनागरिक हुआ हो।

दस साल की अवधि में राज्यसभा के अन्दर गर्मागरम वाद-विवाद हुए, तीव्र से तीव्र तर वाक्प्रहार हुए, पर सब मर्यादा के भीतर, शिष्टता का उल्लंघन नहीं हुआ किसी सदस्य की कही बात को निकालने के लिए प्रस्ताव लाने की आवश्यकता नहीं हुई। इस सदन में भारत के प्रथम प्रधानमंत्री का मानसिक सन्तुलन कभी असन्तुलित नहीं हुआ। उनका विक्षोभ और प्रक्षोभ भी यहां प्रदर्शित नहीं हुआ। सदस्यों ने कभी सामूहिक या वैयक्तिक रूप से, विरोध में या रुष्ट होकर, सदन का त्याग नहीं किया। दस साल में इस प्रकार की घटना का घटित न होना, किसी तूफानी दृश्य का न होना, डा० राधाकृष्णन् की कार्यदक्षता और संभा-संचालन की कुशलता को प्रकट करता है।

राज्यसभा में जब कभी कठिन समय आया, विषम परिस्थिति उत्पन्न हुई, तब भी राज्यसभा के अध्यक्ष के होंठों पर से मधुरमन्द स्मित कभी विलीन नहीं हुई। इस फूल के समान कोमल मधुर स्मित और लोहे के समान कठोर अनुशासन, इन दोनों के अद्भुत मेल ने अड़ियल से अड़ियल

सदस्य को भी मर्यादा में रहने को बाध्य किया। भवभूति ने ऐसी ही प्रकृति के लोगों के लिए कहा है :

"वज्रादपि कठोराणि मृदूनि कुसुमादपि।
लोकोत्तराणां चेतांसि को हि विज्ञातुमर्हति ॥"

अर्थात्, वज्र से भी अधिक कठोर, फूल से भी अधिक कोमल लोकोत्तर पुरुषों को कौन जान सकता है।

उपराष्ट्रपति डा० राधाकृष्णन् दिल्ली की राजनीति पर नैतिक 'स्काई स्क्रैपर' के समान छाए रहे। इसके साथ देश के सांस्कृतिक दूत की तरह भी उन्होंने दस साल काम किया।

अमेरिका में वे उपराष्ट्रपति के नाते 1953 और 1956 में गए। चीन, जापान, रूस और यूरोप के देशों में गए। काहिरा भी गए। भारत के कुछ पड़ोसी देशों में भी गए। किंतु, बृहत्तर भारत के अंगीभूत देशों में भारतीय सांस्कृतिक दूत जिस समय चाहिए था, उस समय नहीं गया। भारत की परराष्ट्र नीति उस समय एकाक्षी या एक आंख की थी, इसका कारण यही प्रतीत होता है। हमारी नज़र दूर पर थी, पश्चिम पर थी, पास के अपने पड़ोसी देशों की ओर नहीं थी। जापान में जब आप थे, तब आपकी पत्नी का देहांत हुआ, और आप चीन की यात्रा किए बगैर सीधे मद्रास लौट आए। उपराष्ट्रपति के नाते यह आपकी संभवतः अंतिम दिग्विजय-यात्रा थी।

स्व० श्री नेहरू की परराष्ट्र नीति की व्याख्या करने के उद्देश्य से 1953 में आप अमेरिका गए। पूर्वीय वाशिंगटन से लेकर पश्चिमी कैलीफोर्निया तक बिना कहीं ठहरे अपने व्याख्यान दिए। आपके व्याख्यानों का विषय भूमंडलीय लोकतंत्र से लेकर आधुनिक सभ्यता का भविष्य तक था।

एक जगह आपने कहा : "एक समय था, जब जागतिक राजनीति में अमेरिका का स्वर स्पष्ट रूप से सुनाई नहीं देता था।" विश्वविद्यालयों से आपने अपील की कि वे लोकतंत्र के समर्थ संतरी बनें। इस बात को पूर्णतः

जानते हुए प्रहरी बने, कि लोकतंत्र का अर्थ मतभेदों के बीच समझौता करना है, मतभेदों को सर्वथा मिटाना नहीं है। लोकतंत्र की परिभाषा करते हुए भारत के उपराष्ट्रपति ने कहा : "आध्यात्मिक सुव्यवहार।"

डा० राधाकृष्णन् ने अपनी यह आशंका छिपाई नहीं कि जो लोग परमात्मा और देव में विश्वास करने का दावा करते हैं, वस्तुतः वे परमेश्वर में विश्वास नहीं करते। आपने अपने व्याख्यानों में वचन और कर्म के मध्य विद्यमान अंतर को बार-बार उल्लेख किया। हमारा जीवन सैद्धांतिक विश्वासों और व्यावहारिक आस्तिकों के परस्पर विरोध का है, इस ओर भारत के सांस्कृतिक दूत ने अमेरिका का ध्यान खींचा। टोरांटो से रेडियो पर भाषण प्रसारित करते हुए डा० राधाकृष्णन् ने एशिया की दलित-पीड़ित जनता की आवाज़ ऊंची उठाई, जोकि राजनीतिक, सामाजिक, आर्थिक और जातीय बंधनों से मुक्ति पाने` के लिए संघर्ष कर रहे हैं। उपराष्ट्रपति ने अपना मधुर स्वर ऊंचा करते हुए कहा :

"विश्व-क्रांति की प्रगति हो रही है। यह कम्युनिज़्म से सर्वथा स्वतंत्र है। भूखे, रोगी, तिरस्कृत निवासी, जोकि गैर-कम्युनिस्ट जगत् का बहुसंख्यक भाग है, आर्थिक प्रगति और विकास की मांग कर रहा है। यदि हम इन समस्याओं को हल करने से झिझकेंगे, तो अन्य लोग हमारे प्रमाद और हमारी अक्षमता का अनुचित लाभ उठाएंगे। आज हम जो कुछ चाहते हैं, वह अमेरिकी जीवन-प्रणाली या रूसी जीवन-प्रणाली नहीं है, प्रत्युत मानवीय जीवन-प्रणाली है।"

भारतीय सांस्कृतिक राजदूत का 'ओबेरिलिन कालेज के प्रेज़ीडेंट ने स्वागत करते हुए कहा : "विश्व प्रसिद्ध तत्त्वज्ञानी, शिक्षक, मुत्सद्दी, महान गणराज्य का प्रसिद्ध नागरिक, राष्ट्रों में शांति स्थापित करने की कुंजी, अंतर् सांस्कृतिक विनिमय का महान् प्रचारक—ऐसा व्यक्ति है, जिसकी प्लेटो ने कभी कल्पना की थी।"

डा० राधाकृष्णन् अनुपम और अतुलनीय व्यक्ति हैं। वे वस्तुतः

सौंदर्यपूर्ण वसंत हैं और उनके विषय में भी ह्विलर की ये पंक्तियां कहीं जा सकती हैं :

"अंतःकरण से उत्पन्न सौंदर्य
कुछ भी उसमें अभाव नहीं।
संस्कृति और कार्य दोनों का वहां संयोग है—
हार्दिक शिष्टता, विनम्रता व प्रेम वहां भरपूर हैं,
आत्मविश्वास और आत्मा-आश्रिता की वहां पर्ण शांति है।"

भारतीय दर्शन के व्याख्याता

'फिलासफर' अंग्रेजी शब्द का अर्थ हिंदी में दार्शनिक किया जाता है, परंतु विचारकों की दृष्टि में यह ठीक नहीं है। भारत में चिंतन और कल्पनाशक्ति के कारण कोई व्यक्ति दार्शनिक नहीं कहाता। डा० राधाकृष्णन् को पश्चिम ने पहले दार्शनिक कहा है, और उनकी देखादेखी भारत ने भी उनको दार्शनिक कहना प्रारंभ किया है।

'फिलासफी' से पश्चिम में एक विशेष प्रकार का चिंतन व चिंतन-प्रणाली अभिप्रेत है। 'फिलासफी' का अर्थ है, बुद्धिमत्ता से प्रेम। सेनेका ने इसकी यही परिभाषा की है। इसके अंतर्गत तरीका, उपाय और वृत्ति का भी समावेश होता है। दर्शन शब्द 'दृश' देखना (ग्रीकदेइक्सदेइक नीमी) धातु से बना है। इसके पीछे अति उच्च बौद्धिक अनुभूति का विचार निहित है। भारत में 'दार्शनिक' शब्द के साथ आश्रम-जीवन, संसार से विरक्त जीवन की भावना भी सन्निहित है। स्वामी विवेकानंद को भारत ने फौरन दार्शनिक स्वीकार कर लिया, क्योंकि उन्होंने संन्यासी जीवन स्वीकार कर लिया था और आश्रमों की भी स्थापना की थी।

भारतीय दर्शन और धर्मशास्त्र सर्वथा पृथक्-पृथक् नहीं हैं। पश्चिम

में ये दोनों पृथक्-पृथक् हैं। डा० राधाकृष्णन् ने इन दोनों के बीच भी पुल बनाने का कार्य किया है। भारतीय दार्शनिक विचार-सरिता सूख रही थी। 'उन्होंने अखिल भारतीय फिलासफिकल कांग्रेस' (1925) की स्थापना करके भारतीय दर्शन का पुनरुद्धार किया, और विश्व के तत्त्वज्ञान के मध्य भारतीय तत्त्वज्ञान को प्रतिष्ठित किया। भारतीय विचार धारा का आप पिछले चालीस साल से नेतृत्व कर रहे हैं। 1930 में डा० राधाकृष्णन् को विश्व ने 'बोसानक्केट' के समकक्ष स्वीकार कर लिया। 'दी रेन ऑव रिलीजन इन कांटेंपरेरी फिलासफी' (1920)-इस पुस्तक का दार्शनिक राधाकृष्णन् की रचित पुस्तकों में अनुपम स्थान है। इसमें कहा गया है, कि तर्क और युक्ति द्वारा सत्य का पता लग सकता है। जो प्रदर्शित नहीं किया जा सकता, उसका अस्तित्व नहीं है। फिलासफी या तत्त्वज्ञान बौद्धिक रीति से यथार्थ को अनुभव करने के प्रयत्न का नाम है। समस्त मानव-अनुभवों को संग्रह करने का नाम तत्त्वज्ञान है। इसका कार्य हमको 'विश्वास' या दृष्टिकोण प्रदान करना नहीं है। इसके विपरीत सोचना तत्त्वज्ञान और कविता के बीच गड़बड़ा जाना है। यदि चिंतन विशुद्ध रूप से युक्ति और तर्क के आधार पर हो, और वह धार्मिक विश्वास और पक्षपात से सर्वथा अप्रभावित रहे, तो इसका परिणाम होगा, पूर्ण आदर्शवाद। धर्म के प्रति तत्त्वज्ञान को तटस्थ रहना चाहिए। इसको राजनीतिक कारणों और भावोन्मेष से भी प्रभावित न होना चाहिए। लेबनीज, जेम्स, बर्गसन, रसल और अन्यों पर विचार करते हुए भारत के महान दार्शनिक ने दिखाया है, कि इन सबने बहुतावाद का समर्थन किया है, या बहुत्ववादी आस्तिकवाद का समर्थन किया है, क्योंकि वे अपनी धार्मिक धारणाओं और पक्षपात से ऊपर उठ नहीं सके। भारत के महान दार्शनिक ने इस बात पर खेद प्रकट किया है कि धर्म का तत्त्वज्ञान पर प्रभुत्व है। आपका विचार है कि तत्वज्ञान की प्रेरक शक्ति धर्म न होनी चाहिए।

इस समय तक राधाकृष्णन् इस बात का निर्णय नहीं कर सके। थे कि क्या तत्त्वज्ञान का चिन्तन, संस्कृति, धर्म, लालन-पालन के वातावरण के प्रत्यक्ष या अप्रत्यक्ष प्रभाव से सर्वथा मुक्त रह सकता है। नवीन विचारक भी सनातनी विचारक के समान ही पक्षपात से प्रभावित होता है। मूर्तिपूजक के ही समान मूर्तिपूजा-विरोधी भी स्वाधीन पुरुष नहीं है। यदि किसी किस्म का धर्म आस्तिकवाद थोपता है, तो यह नहीं कहा जा सकता कि दूसरे प्रकार का धर्म (अद्वैत, वेदांत या हीनयान बौद्धधर्म) आदर्शवादी या नास्तिक दृष्टिकोण उत्पन्न करता है। आस्तिकवादी की अपेक्षा आदर्शवादी परंपरा से अधिक मुक्त नहीं है। डा० राधाकृष्णन् ने भी परिपक्व विचार होने पर बाद में इस विचार का परित्याग कर दिया।

'इंडियन फिलासफी' (दो भागः सन् 1923-1927) के प्रकाशन ने भारतीय तत्त्वज्ञान को बहुत अधिक प्रोत्साहन दिया। भारतीय विश्वविद्यालयों में इसने आदर का स्थान पाया। विद्वत्समाज में इसकी चर्चा होने लगी। उपनिषदों की महिमा वर्णन करते हुए मैक्समूलर ने लिखा था कि भारत के अपढ़ लोग भी गांवों में परस्पर आत्मा-परमात्मा की चर्चा करते हैं। परन्तु भारत के शिक्षित वर्ग में इसका अन्त हो गया था। इसको नीरस विषय समझा जाता था। डा० राधाकृष्णन् की इस पुस्तक ने, जोकि तत्त्वज्ञान का विश्वकोष है, 'विश्व-तत्त्वज्ञान' और 'तुलनात्मक तत्त्वज्ञान की प्रतिष्ठा की। 'माध्यमिकावृति', 'प्रमेयकमाला मार्तंड' या 'सूत्र भाष्य' को यह दार्शनिक धारा प्रवाह पढ़ सकता है और इनका सरलता के साथ अनुवाद कर सकता है। प्रतिभाशाली दार्शनिक ने प्राचीन भारतीय तत्त्वज्ञान को आत्मसात् कर लिया है। वह उसके ज्ञान का एक अंतर्भाग हो गया है। 'हिंदू व्यू ऑव लाइफ' का प्रकाशन 1927 में हुआ। इसका अनेक भाषाओं में अनुवाद हुआ है। इसमें कहा गया है कि हिंदुत्व ऐतिहासिक दृष्टि से विकासशील और प्रगतिशील और

शक्तिशाली आंदोलन है। यह अभी न पूर्ण हुआ है और न समाप्त हुआ है।

'आइडियलिस्ट व्यू ऑव लाइफ' का 1932 में प्रकाशन हुआ। मरहेड के शब्दों में इसने डा० राधाकृष्णन् को भारत में विचार-प्रवाह का नेता उसी प्रकार बना दिया, जैसे यूरोप में बर्गसन नेता है। पूर्वीय और पश्चिमी विचारों का इसमें सुन्दर समन्वय किया गया है।

'ईस्टर्न रिलीजंस एण्ड वेस्टर्न थॉट' का प्रकाशन 1939 में हुआ। प्राच्य धर्मों का यूरोप के विचारों पर, विशेषतः हिंदू धर्म और बौद्ध धर्म का क्या प्रभाव पड़ा है, या इनका हिब्रू और ईसाई धर्म के विश्वास और ग्रीक और रोमन तत्त्वज्ञान पर क्या प्रभाव पड़ा है, इन दोनों ने एक-दूसरे को परस्पर किस मात्रा में प्रभावित किया है, यह भी इसमें बताया गया है। इसमें हिंदू धर्म और बौद्ध धर्म के कुछ सिद्धांतों और रीति-रिवाजों का भी विचार किया गया है। हिंदू सामाजिक संस्थाओं पर इस पुस्तक में एक अलग अध्याय है। भारत के इस महाविद्वान् की मान्यता है कि अत्यन्त प्राचीन काल से ये दोनों एक-दूसरे को प्रभावित कर रहे हैं। स्पष्ट है कि इस महान दार्शनिक ने वेदों का विचार नहीं किया है। यद्यपि भारतीय दर्शन और धर्म का आदिस्रोत वेद हैं। इनकी प्राचीनता को देखते हुए यह कैसे माना जा सकता है कि प्राच्य और प्रतीच्य अत्यन्त प्राचीन काल से परस्पर एक-दूसरे को प्रभावित करते आ रहे हैं। हां, जो उपनिषदों को ही हिंदू दर्शन या तत्त्वज्ञान का स्रोत मानते हैं, वे यह बात कह सकते हैं। परन्तु यजुर्वेद का 40वां अध्याय ही ईश उपनिषद है।

'प्रस्थान त्रयी' का प्रकाशन 1948 में हुआ। वेदान्त की व्याख्या डा० राधाकृष्णन् ने नवीन ढंग से और मौलिक रूप में की है। विचारकों का मत है कि डा० राधाकृष्णन् पूर्णतः वेदांती हैं, यद्यपि इनका कुल धर्म वैष्णव है, और वह भी रामानुजाचार्य का वैष्णव धर्म है। इसने

डा० राधाकृष्णन् को शंकर, रामानुज, माधव और विवेकानंद की श्रेणी में बिठा दिया है।

डा० राधाकृष्णन् के विचार न केवल स्पष्ट और परिष्कृत ही हैं, अपितु उनको विषद रूप में और सुन्दर शब्दों में प्रकट करने की अद्भुत शक्ति भी उनमें है। रसिक रंजिनी सभा हाल, मलयपुर में भाषण देते हुए डा० राधाकृष्णन् ने भाषण का प्रारंभ इस विनोद के साथ किया, अनजाने आप लोग मेरे हाथ में खेल गए हैं। इसके बाद वाक्धारा फट पड़ी। संगीत का तत्त्वज्ञान व्याख्याता ने बताया। वक्ता अपने श्रोताओं को शिखर पर ले गया। एक नया लोक उनके सामने था। इसमें वीणाधारिणी सरस्वती, नटराज और उनका तांडव नृत्य, भगवान कृष्ण और उनकी प्रसिद्ध बांसुरी, नारद और उनका तंबूरा और सम्पूर्ण हिंदू पुराणशास्त्र था। उन्होंने इन प्रतीकों के पीछे निहित अर्थ की व्याख्या, बीथोवोन और पश्चिम से अन्य उदाहरण दिए और दोनों की तुलना की। ज्ञान-विज्ञान का कोई क्षेत्र नहीं है, जिसपर डा० राधाकृष्णन् व्याख्यान देते हुए उसको तत्त्वज्ञान में न ले आएं। वे हरेक विषय को मूलतः तत्त्वज्ञान की दृष्टि से देखते और विचार करते हैं। भारत के विचारकों के सामने उन्होंने पुनः विशुद्ध बौद्धिक दृष्टि से विचार करने की प्रणाली का पुनरुद्धार किया है। डा० राधाकृष्णन् का इस युग में नेतृत्व सर्वमान्य है। यहां उनका स्थान अद्वितीय है।

डा० राधाकृष्णन् की मान्यता है कि धार्मिक वृत्ति के व्यक्ति के लिए संन्यासी होना आवश्यक नहीं है। प्रतीत ऐसा होता है कि कविकुलगुरु कालिदास द्वारा निम्न उक्त आदर्श में भारत का यह दार्शनिक विश्वास नहीं करता है :

"शैशवेऽभ्यस्तविद्यानां यौवने विषयैषिणाम्।
वार्द्धक्ये मुनिवृत्तीनां योगेनान्ते तनुत्यजाम्।"

अर्थात् बालपन में विद्याभ्यास, यौवन में गृहस्थ, बुढ़ापे में वानप्रस्थ व मुनिवृत्ति और अंत में योग द्वारा शरीर-त्याग।

यद्यपि डा० राधाकृष्णन् ने वर्ण-व्यवस्था का समर्थन किया है, परंतु फिर भी उनका विचार है कि समाज से भागने की ज़रूरत नहीं है। वे इस दुनिया में हैं, और इस दुनिया में रहते हुए भी दुनिया में नहीं रहते। यहां वे गीता के धर्म का प्रचार करते हैं, और निष्काम कर्म करने को कहते हैं। मानव का भाग्य अपूर्णताओं से बचकर भागने में नहीं है, बल्कि इसको आत्मोन्नति के लिए प्रेरणा मानने में है। विश्व केवल मायामात्र नहीं है, जो आत्मा से सर्वथा भिन्न है, पृथक् है, बल्कि यह आत्मिक विकास की दृश्यावली है। पृथ्वी क्या है ? यह केवल स्वर्ग में परिणत करने के लिए है। हमारा अस्तित्व आकस्मिक नहीं है, इसको असीमित महत्त्व का बनाया जा सकता है। डा० राधाकृष्णन् जिस धर्म और तत्त्वज्ञान का प्रचार करते हैं, वह पूर्णतः आशावाद का है और सतत आगे बढ़ने की प्रेरणा करने वाला है।

विश्व-पूजित व सम्मानित इस महान दार्शनिक का विचार है कि इस समय की सबसे बड़ी आवश्यकता मूल्यों की शिक्षा देना है। मानव को इस प्रकार की शिक्षा देनी चाहिए कि वह वैयक्तिक क्षुद्र स्वार्थों से ऊपर उठे और स्वार्थपरक इच्छाओं और कामनाओं का त्याग करे। उसको इस प्रकार की शिक्षा दी जानी चाहिए जिससे वह अपनी अंतरात्मा में सुप्त देवता को जगा सके। बीसवीं शती का महान संत दार्शनिक कहता है : "यदि विज्ञान और मशीनरी युद्ध करनेवाले सीजरों और तैमूर लंगों के हाथ से लेकर अन्यों के हाथ में दे दिए जाएं, यदि प्रत्येक समाज में पर्याप्त संख्या में ऐसे व्यक्ति प्रशिक्षित किए जाएं, जो धर्म और राजनीति की कट्टरता और धर्मान्धता से मुक्त हों, और जो हर प्रकार के मानसिक और नैतिक अत्याचार और कठोर शासन का विरोध करें, और जो कठोर राष्ट्रीय भावना के स्थान में सार्वदेशिक विश्व-भावना का विकास करें, तो क्या नहीं किया जा सकता ?" भारत के इस महान दार्शनिक का यह स्वप्न पूर्ण हो, यह हरेक हृदय से कामना करेगा, भले ही वह इसकी

व्यावहारिकता में विश्वास न करे, क्योंकि यह एक सुन्दर आदर्श है, और मानव को ऊंचा उठानेवाला है और उसको लक्ष्य की ओर जाने की सतत प्रेरणा करनेवाला है।

ग्रन्थकार

डा० राधाकृष्णन् द्वारा लिखित और सम्पादित पुस्तकों की संख्या 150 से भी ऊपर है। डा० राधाकृष्णन् की प्रसादमयी लेखनी का प्रसाद 1908 से दुनिया के सामने आने लगा और यह अव्याहत रूप से 1948 तक चलता रहा। राष्ट्रपति द्वारा लिखित व सम्पादित मुख्य पुस्तकें इस प्रकार हैं:

वर्ष	रचना का नाम
1918	दी फिलासफी ऑव रवीन्द्रनाथ टैगोर
1920	दी रीज़न ऑव रिलीजन इन कांटेम्पोररी फिलासफी
1923-27	इंडियन फिलासफी, दो भाग–लाइब्रेरी ऑव फिलासफी
1926	दी हिन्दू व्यू ऑव लाइफ
1928	दी रिलीजन वी नीड
1929	कल्की—दी फ्युचर ऑव सिविलाइज़ेशन
1932	एन आइडियलिस्टिक व्यू ऑव लाइफ
1932	ईस्ट एण्ड वेस्ट इन रिलीजन
1936	फ्रीडम एण्ड कल्चर
1936	दी हार्ट ऑव हिन्दुस्तान
1937	माई सर्च फार ट्रुथ (आत्मकथा)
1938	गौतम दी बुद्ध
1939	ईस्टर्न रिलीजन एण्ड वेस्टन थॉट

1939 महात्मा गांधी

1944 इंडिया एण्ड चाइना

1944 एजुकेशन, पालिटिक्स एण्ड वार

1945 इज़ दिस पीस

1947 रिलीजन एण्ड सोसायटी

1948 भगवद्गीता

1949 ग्रेट इंडियन्स

1950 दी धम्मपद

1952 दी रिलीजन ऑव दी स्पिरिट एण्ड दी वर्ल्ड्स नीड (आत्मकथात्मक)

1952 दी फिलासफी ऑव सर्वपल्ली राधाकृष्णन्

1952 दी प्रिंसिपल उपनिषद

1955 दी रिकवरी ऑव फेथ

1960 ब्रह्मसूत्र

विश्व के जीवित दार्शनिकों और तत्त्वज्ञानियों में डा० राधाकृष्णन् का स्थान अन्यतम है। विश्व के दार्शनिकों की ओर से 'लिविंग फिलासफर' माला में 888 पृष्ठों की एक बृहत् पुस्तक 1952 में प्रकाशित हुई थी। उपर्युक्त सूची की 'दी रिलीजन ऑव दी स्पिरिट एण्ड दी वर्ल्ड्स नीड' तथा 'दी फिलासफी ऑव सर्वपल्ली राधाकृष्णन्' उसी पुस्तक के दो अध्याय हैं। पहली में विद्वान लेखक ने विभिन्न विषयों पर अपने विचार प्रकट किए हैं, और दूसरी में अपने दार्शनिक विचारों के आलोचकों को जवाब दिया है।

भारत सरकार के प्रकाशन-विभाग ने राष्ट्रपति के भाषणों के संग्रह छः भागों में प्रकाशित किए हैं। इतना बृहत् साहित्य-भण्डार किसी अन्य जीवित व्यक्ति का शायद ही हो।

यह ठीक है कि इंडियन फिलासफी' के दोनों भागों ने डा० राधाकृष्णन् को विश्वख्याति प्रदान की, और विश्व ने उनको

भारतीय दर्शन का अन्यतम व्याख्याता माना। परन्तु डा० राधाकृष्णन् की प्रत्येक पुस्तक में वे गुण हैं, जो 'इंडियन फिलासफी' में हैं। अंग्रेज़ी भाषा पर आपका प्रभुत्व अद्भुत है, यह एक बात विवाद से परे है। शैली प्रांजल है, भाषाओजपूर्ण और ललित है। प्रत्येक शब्द पाठक के हृदय में हिलोर उत्पन्न करता है। पाठक अनुभव करता है कि शब्दों में कोई जादू है, छोटे-छोटे वाक्यों में मधुरता ही नहीं है, प्रेरणा-शक्ति भी है। राष्ट्रपति की सौम्य मूर्ति देखते हुए सहसा विश्वास नहीं होता कि इस व्यक्ति के हृदय में इतना प्रचण्ड तेज निहित है। युक्तियां यदि 'ब्लेड' की धार के समान तीक्ष्ण और अकाट्य हैं, तो भाषा अत्यन्त प्रभावशाली है। अंग्रेज़ी को डा० राधाकृष्णन् ने संस्कृति के अनेक शब्द दिए हैं और अंग्रेज़ी के अनेक शब्दों को अपना अभीष्ट अर्थ देनेवाला बना लिया है। जैसे 'स्पिरिचुअल फ्रीडम' का राष्ट्रपति ने 'आनन्द' के अर्थ में व्यवहार किया है। इस दृष्टि से राष्ट्रपति की अंग्रेज़ी का अध्ययन करने की आवश्यकता है।

राष्ट्रपति ने धर्म और तत्त्वज्ञान पर लिखा है और पूर्ण अधिकार से लिखा है। परंतु उनके विचार का आधार इतिहास है। इतिहास के सहारे वे व्याख्या करते हैं, अतः ईश्वर-विषयक विभिन्न धर्मों की कल्पना सहज में मन में चित्रित हो जाती है। राष्ट्रपति ने कभी कविता की है या नहीं, यह ज्ञात नहीं, परंतु उनकी भाषा में कवित्व है। वे एक निष्ठावान भक्त हिन्दू हैं। अतः उनके शब्दों में उनका हृदय प्रतिबिम्बित होता है। यह ही उनकी भाषा में कवित्व उत्पन्न करता है। उच्चकोटि का वक्ता व वाग्मी प्रवर उच्चकोटि का लेखक भी हो, यह बहुत कम देखा जाता है। परन्तु डा० राधाकृष्णन् एक-साथ दोनों ही हैं। जैसे बहुत कम तत्त्वज्ञानी राजनीतिज्ञ और मुतसद्दी हुए हैं, उसी प्रकार यहां भी डा० राधाकृष्णन् अनुपम हैं।

राष्ट्रपति के प्रसिद्ध ग्रन्थों में ही नहीं, उनके छोटे भाषणों में भी वैदुष्य (विद्वत्ता या स्कालरशिप), वाग्वैरवरी (शब्द-चयननिपुणता),शब्दझरी (शब्द-प्रवाह) और शास्त्र-व्याख्यान-कौशल है। डा० राधाकृष्णन् से

पहले भारतीय दर्शन का ज्ञान यूरोप को यूरोपियनों ने ही दिया था। इसने उनकी जिज्ञासा को जगाया था। उसको डा० राधाकृष्णन् ने पूरा किया है। यह नहीं कि अन्य भारतीयों ने इस दिशा में प्रयत्न नहीं किया। प्रो० दास गुप्त का ग्रंथ विशाल है, और प्रो० हिरण्यन का ग्रंथ अति संक्षिप्त है। 'इंडियन फिलासफी' इन दोनों दोषों से मुक्त है, फिर उसमें पश्चिमी तत्त्वज्ञानियों के विचार से यत्र-तत्र तुलना भी है। प्रश्नोत्तर के रूप में ग्रीस में जैसे सुकरात और प्लेटो के यहां शिक्षा देने की पद्धति थी, वैसे ही भारत में थी, यह डा० राधाकृष्णन् ने अपने ग्रंथों में दिखाया है।

डा० राधाकृष्णन् भारतीय दर्शनशास्त्र के केवल इतिहास-लेखक ही नहीं हैं, अपितु एक महान विचारक और चितक भी हैं। वे एक हिन्दू हैं। अतः दर्शन केवल उपरला वस्त्र नहीं है, अपितु जीवन-पद्धति है, जीवन-प्रणाली है। उनके लिए दर्शन जीवन को जहां समझनेवाला है वहीं जीवन में परिवर्तन करनेवाला भी है।

अपटनलेक्चर्स (दी हिन्दू व्यू ऑव लाइफ, 1927) और हिबर्ट लेक्चर्स (एन आइडियलिस्ट व्यू ऑव लाइफ, 1932), ये दोनों व्याख्यान पश्चिमी ईसाई श्रोताओं के सम्मुख दिए गए थे।

ये दोनों मुख्यतः अद्वैत वेदांतिन के रूप में लिखे गए हैं। इनकी शैली विचित्र हैं। प्रतिरक्षा के साथ आक्रमण का इनमें योग है। यहां डा० राधाकृष्णन् हिन्दू धर्म के रक्षक योद्धा के रूप में प्रकट होते हैं। वेदांत और जीवन के प्रति हिन्दू दृष्टिकोण लेखक का वही नहीं, जो सामान्य जन मानते और समझते हैं, यह सर्वथा भिन्न, विशिष्ट और अनुपम है। इसमें ईसाई-जीवन-प्रणाली और पश्चिम का विचार भी सन्निविष्ट है। इन व्याख्यानों को सुनकर और पढ़कर अनेक यूरोपियनों ने कहा है कि यदि यही हिन्दू धर्म है, तो वे भी हिन्दू हैं। परंतु श्री ए० सी० अण्डरवुड ने इसका विरोध किया है, और लिखा है : " 'दी हिन्दू व्यू ऑव लाइफ' का हिन्दुत्व वस्तुतः वर्तमान हिन्दू धर्म नहीं है, न यह वह है जो कभी हुआ है,

या रहा है। यह हिन्दू धर्म वह है, जो डा० राधाकृष्णन् देखना चाहते हैं या जिस रूप में वे हिन्दू धर्म को परिवर्तित करना चाहते हैं।"

डा० राधाकृष्णन् ने नूतन दृष्टिकोण से प्राचीन विश्वास को देखा है। इसके अतिरिक्त उन्होंने आधुनिक युग के अनुकूल हिंदू धर्म का निरूपण किया है। यह हिंदू धर्म शाश्वत और परिवर्तनशील दोनों है। इसमें भी रहस्यवाद है, जिसको काल आज तक खोल नहीं सका है। यह नहीं कि हिंदू धर्म का विद्वान् लेखक इसकी रीतियों और प्रचलित सिद्धांतों में परिवर्तन की आवश्यकता नहीं मानता। वर्णाश्रम- व्यवस्था पर भी इस पुस्तक में एक अध्याय है। पाठकों को आश्चर्य होगा कि राष्ट्र पति ने वर्णाश्रम-व्यवस्था की प्रशंसा की है। और इसको एक आदर्श जीवन-प्रणाली बताया है। डा० राधाकृष्णन्। की मान्यता है कि जब यह स्थापित हुआ था, तब इसमें बहुत अच्छाइयां थीं। परंतु आपने स्वीकार किया है कि आज की स्थिति में यह खतरनाक है और अपर्याप्त है। आपका परामर्श है कि बाह्य रूप को छोड़कर हृदय को देखना चाहिए। परन्तु आश्चर्य की बात है कि जन्म के अनुसार वर्ण राष्ट्रपति ने माना है, और इसको दैवीय इच्छा बताया है, क्योंकि कर्मों के अनुसार जन्म मिलता है। राष्ट्रपति ने कहा है कि हिंदू धर्म, ऐतिहासिक रूप से, विकासशील है, प्रगतिशील है और एक शक्तिशाली आंदोलन है।

परम्परागत हन्दू धर्म और आधुनिक विचार के लक्ष्य और साधन पर भी डा० राधाकृष्णन् ने विचार किया है। मैं क्या जानता हूं ? मुझे क्या करना चाहिए ? मैं किस बात की आशा करूं? ये सनातन प्रश्न हैं। डा० राधाकृष्णन् ने भी इनको उठाया है। राजा राममोहन राय, स्वामी दयानन्द और स्वामी विवेकानन्द ने अपने समय में अपने विचार के अनुसार हिंदू धर्म का निरूपण किया है। परंतु आधुनिक युग, अणु-युग में डा० राधाकृष्णन् ने हिंदू धर्म का सत्य स्वरूप विश्व के समक्ष रखा है। डा० राधाकृष्णन् पूर्व और पश्चिम को इस प्रकार परस्पर अधिक निकट

लाने में सहायक हुए हैं। इसीसे उनको पूर्व और पश्चिम के मध्य का पुल माना जाता है।

युवा प्रोफेसर राधाकृष्णन् ने हिन्दू धर्म के बाह्य रूप को देखा था। पर डा० राधाकृष्णन् ने नदी-धारा के नीचे भूमि में बहती जलधारा को देखा है। 'ईस्टर्न रिलीजंस एण्ड वेस्टर्न थॉट' (1939) (आक्सफोर्ड में स्पालडिंग प्रोफेसरशिप से दिए गए व्याख्यानों का पहला संग्रह) पुस्तक इसका प्रमाण है।

डा० राधाकृष्णन् का अध्ययन विशाल और गम्भीर है। वे दिन में लगभग बारह घंटे पढ़ते हैं, यह सुनकर ही मार्शल स्तालिन ने आपसे मिलने की इच्छा प्रकट की थी। मार्शल स्तालिन के लिए ही यह व्यक्ति अद्भुत नहीं है, बल्कि साधारणजनों के लिए भी विस्मयजनक है। राधाकृष्णन् महापण्डित हैं, महाविद्वान् हैं, पर यह आपके लिए भार नहीं है, यह आपके जीवन का एक स्वाभाविक अंग है। यह राष्ट्रपति डा० राधाकृष्णन् की शक्ति का स्रोत है। जिस प्रकार प्राचीन ऋषि आत्मदर्शन द्वारा ज्ञान की उपलब्धि करते थे, उसी प्रकार डा० राधाकृष्णन् भी आत्मा से अन्तर्ज्ञान प्राप्त करते हैं। आपके आध्यात्मिक राज्य के मंत्रिमण्डल के ये ग्रन्थ ही मंत्री हैं।

डा० राधाकृष्णन् अपने घर में

डा० राधाकृष्णन् एक विलक्षण और असाधारण पुरुष हैं। विश्व के इतिहास में ऐसे व्यक्ति ढूंढ़ने पर भी बहुत अधिक न मिलेंगे, जो मौलिक विचारक होने के साथ, प्रभावशाली वाग्मी प्रवर व वक्ता हों, और कलापूर्ण लेखक हों। प्लेटो, अरस्तू, बर्गसन और ब्रेडले चिन्तक और विचारक के ही रूप में प्रसिद्ध हैं। बर्ट्रांड रसल आवश्यक मौलिक विचारक होने के साथ-साथ प्रभावशाली सुन्दर लेखक भी हैं। वे अगम्य

हैं। परन्तु वे सुन्दर और ओजस्वी वक्ता नहीं हैं। उनके पास जनता को मंत्रमुग्ध करनेवाली जादूभरी वाणी नहीं है। डा० एनी बेसेण्ट एक समय प्रसिद्ध वक्ता थीं। परन्तु उनके लेख और उनके छपे भाषण भी वही असर पैदा करते थे, यह संदिग्ध है। गांधीजी की लेखनी और वाणी में चमत्कारिक शक्ति थी। पर वह चरित्र का बल था, आत्मा की शक्ति थी। इस युग के राजनीतिज्ञों और मुत्सद्दियों में एकमात्र डा० राधाकृष्णन् ही मौलिक विचार के प्रभावशाली वक्ता, और ओजस्विनी और अनुप्राणित करनेवाली लेखनी के क्षेत्र में सर्वप्रथम हैं, अनुपम हैं। ऐसा व्यक्ति अपने घर में कैसा रहता होगा, यह जानने का कौतूहल प्रत्येक को होगा। पर सार्वजनिक से सार्वजनिक व्यक्ति का यह भाग ही प्रायः करके अज्ञात रहता है। फिर जो अपना परिचय इन शब्दों में दे, वह अपने पिता की दूसरी सन्तान है, उसका घरेल जीवन क्या बताया जा सकता है ?

डा० राधाकृष्णन् प्रातः पांच बजे उठ जाते हैं। जीवन उनका अत्यधिक नियमित है। घड़ी की सूई के समान चलता है। उसमें शायद ही कोई व्यत्यय हो। नहा-धोकर वे एक प्याला काफी का छः बजे लेते हैं। इसके बाद समाचारपत्र पढ़ते हैं। अध्ययन में प्रवृत्त हो जाते हैं। नौ बजे प्रातः नींबू या संतरे का रस लेते हैं।

विशुद्ध वैष्णव हैं और निरामिषभोजी हैं। अण्डा भी नहीं लेते। पेस्ट्री आदि भी नहीं खाते। भोजन उनका वही है, जो वे बाल्यावस्था में खाते थे। सांभर, रसम, चावल, दो-तीन सब्ज़ियां, दलिया और चपाती उनके भोजन की मुख्य चीज़ें हैं। चावल दोनों समय खाते हैं, पर थोड़ी मात्रा में। डा० राधाकृष्णन् मितभाषी ही नहीं, अल्पाहारी या मिताहारी भी हैं। आपका आहार मात्रा में भी अत्यल्प है। कम से कम राशन होने पर आपको कभी कठिनाई नहीं हो सकती। शाम का भोजन आप जल्दी कर लेते हैं। दाक्षिणात्य ढंग से भोजन करना आपको पसन्द है।

आप छरहरे बदन के दुबले-पतले व्यक्ति हैं। आपकी बहिन का

कहना है कि भाई की टांगें बचपन से पतली हैं। आप सदा धोती बांधते हैं। इस धोती को बांधने की एक विशेष शैली है। इसको तेलुगु में 'पंच कच्छम' कहते हैं। इसमें पांच जगह गांठ दी जाती है। इसके खुलने का कोई भय नहीं है। बंगाल में रहते हुए आपने इसमें एक संशोधन किया है। आगे चुन्नटें भी डालने लगे हैं। शिक्षक होने के बाद से आप लम्बा कोट पहनने लगे हैं। इस कोट का कपड़ा बदल सकता है, रंग भी बदल जाता है, पर कोट बना रहता है। यह आज तक नहीं छूटा। यद्यपि यह सदा सफेद नहीं रहा। दाक्षिणात्यों के समान आप कभी रंग-बिरंगी लुंगी नहीं पहनते। सिर पर सफेद पगड़ी सदा रहती है। राष्ट्रपति होने के बाद विदेशों में आप यह पगड़ी उतार देते हैं। आयु बढ़ जाने से अब पश्चिमी देशों की कड़ी सर्दी में धोती सहायक नहीं रही है। पैंट अब आप पहनने से घबराते नहीं। धोती के समान पैंट, पर सफेद नहीं होती। कपड़ों की एकरूपता और समरसता से डा० राधाकृष्णन् के विचारों और स्वभाव का अनुमान करनेवालों को अब भ्रम हो सकता है।

आपको पुस्तकें पढ़ने के सिवाय और किसी भी वस्तु का शौक है, यह उनके निकटस्थ मित्र भी नहीं जानते। आप तकियों के सहारे लेटकर पढ़ते हैं। टांगें फैली रहती हैं। एक पर दूसरी टांग रखी रहती है। इस समय आपका विशाल मस्तक नंगा रहता है। महान दार्शनिक का चमकता नंगा सिर भी देखने की एक आकर्षक वस्तु है। इसको देखनेवाला एक बार तो विस्मित होकर सहमा-सहमा देखता ही रह जाता है। डा० राधाकृष्णन् का कद यदि अधिक ऊंचा नहीं है तो छोटा भी नहीं है। वे सौ ही नहीं, हज़ारों व्यक्तियों के बीच सहज में पहचाने जाते हैं। चेहरे की स्निग्धता, सरलता और मोहकता बरबस सबका ध्यान अपनी ओर खींचती है।

बच्चे आपको प्रिय हैं। वे आपको सतावें, तो भी आप उनको दण्ड नहीं देते। हां, वे उनकी पुस्तकें न लें, बन्द न करें, छीनें नहीं, तो उनको कोई आपत्ति नहीं है, भले बच्चे शोर करें, गुल-गपाड़ा मचावें, कमरे की

चीजें तोड़ें-फोड़ें, वे कुछ न बोलेंगे। यदि गली में खेलते हुए बच्चों की गेंद कमरे में आ गई है, तो वे उठकर गेंद बच्चों को दे देंगे। इसके लिए उनको डांटते हुए वे कभी नहीं देखे गए। उनके मन की एकाग्रता अद्भुत है। पत्रों में निकली अपनी पुस्तकों की समीक्षा एक नज़र में देखकर ही समझ ही नहीं लेते, कण्ठस्थ भी कर लेते हैं। आपकी स्मरणशक्ति की तो अनेक बार परीक्षा हुई है, और लोग दंग रह गए हैं।

1937-38 में एशियाई शिक्षा कांफ्रेंस का दूसरा अधिवेशन लखनऊ में हुआ था। इसका उद्घाटन श्री नेहरू ने किया था। आप इसके अध्यक्ष थे। आपका मुद्रित भाषण सबके हाथों में था। आप मौखिक ही बोले। परन्तु अर्धविराम तक का अंतर दिखाई नहीं दिया। दोनों में कोई भेद न था। यह अपूर्व सिद्धि आपने कैसे प्राप्त की है, यह एक रहस्य है।

आप विवादपटु हैं, पर असाधारण रूप से मितभाषी हैं। अत्यधिक परिचित लोगों से ही आप खुलकर बात करते हैं। लन्दन में एक बार प्रसिद्ध ऐतिहासिक स्व० एच० जी० वेल्स ने अपने कुछ मित्रों को भोजन पर बुलाया था। इनमें बर्नार्ड शा, बर्ट्रांड रसल, प्रो० जोड सरीखे व्यक्ति थे। आपको भी बुलाया गया था। यह मंडली एक-दूसरे से भली भांति परिचित थी। इन सबका आपसे परिचय कराने के लिए ही यह आयोजन किया गया था। तीन घंटे विभिन्न विषयों पर वाद-विवाद होता रहा, चर्चा चलती रही, परन्तु डा० राधाकृष्णन् एक शब्द भी नहीं बोले। वे ध्यान से केवल सबकी बातें सुनते रहे। उनके मौन को देखकर सब दंग रह गए। पूछने पर आपने कहा कि श्रोता की भी तो आवश्यकता थी। यदि सब वक्ता ही होते तो श्रोता कहां से आता।

हंसी-मज़ाक करने में आप कभी नहीं चूकते। सामान्य जनों के ही समान आप भी अपने घनिष्ठ मित्रों में हंसी-मज़ाक करते हैं। श्रीमती वाडिया ने एक बार आपके विनोद को सुनकर कहा था, वह कभी भी

अपने को सुधार न सकेगा। भगवान करें कि यह सदा ऐसा ही बना रहे। अन्यथा इसकी मोहकता और इसकी महानता जाती रहेगी।

आपका विनोद अत्यन्त मार्मिक और चुटीला होता है। अमेरिका में आप एक बार भाषण दे रहे थे। उस समय भारत पराधीन था। भाषण के बाद एक ने प्रश्न किया : "यदि आपका धर्म ऐसा ही रक्षक है, जैसा आपने अभी कहा है, तो आप अपनी ही रक्षा क्यों न कर लेते ?" डा० राधाकृष्णन् इस सवाल से अप्रतिभ नहीं हुए। झट जवाब दिया : "जीसस अपनी रक्षा के लिए उत्पन्न नहीं हुआ था।" सभा वक्ता के इस चमत्कारिक उत्तर को सुनकर मुग्ध हो गई।

आपकी गम्भीरता बच्चों को ही नहीं, किसीके भी आप तक पहुंचने देने में बाधक नहीं है। मानव के प्रति आपके हृदय में अपार स्नेह और करुणा है। अपने पास आए व्यक्ति को बात करने के लिए आप उत्साहित करते हैं। अपना बड़प्पन उसपर हावी नहीं होने देते। आपकी विनम्रता उसको यह अनुभव नहीं होने देती कि वह एक महान दार्शनिक से बात कर रहा है। वे दुनियावी व्यक्तियों के साथ लौकिक हो जाते हैं। वेदांती होकर भी आप दुनिया को माया नहीं मानते। काम-वासना तक आप त्याज्य नहीं मानते, और न उससे घृणा करते हैं। विषयोपभोग की भी आप निन्दा नहीं करते। कवीन्द्र रवीन्द्रनाथ टैगोर ने एक बार शाहजहां के लिए कहा था : "ताज का निर्माता ताजमहल से भी अधिक महान था।" ठीक यही बात डा० राधाकृष्णन् के लिए कही जा सकती है। वे अपनी पुस्तकों में जितने महान दिखाई देते हैं, उससे मानव राधाकृष्णन् कहीं अधिक महान हैं। उनकी यह सहज मानवता उनके इस बड़प्पन को सदा छिपाए रहती है। एक बार उनके एक मित्र ने विनोद में उनको नीचा दिखाने के लिए कहा : "राधाकृष्णन्, क्या बात है कि आप पश्चिम में एक बड़े आदमी माने जाते हो ? परन्तु मुझे तो आप एक साधारण मनुष्य ही प्रतीत होते हो।" डा० राधाकृष्णन् इसको सुनकर झेंपे नहीं। सहज भाव

से आपने उत्तर दिया : "यही मैं भी समझता हूं। जब मैं पश्चिम में था, मैं भी अपने बारे में यही सोचता था। मैं रसल, मूर और अन्य बहुत-से तत्त्वज्ञानियों एवं अन्य लोगों से मिला हूं। वे सब मेरे जैसे ही दिखाई देते थे।"

डा० राधाकृष्णन् के चेहरे पर कभी थकान का चिह्न दिखाई नहीं देता। अहमदाबाद में पांच घंटे निरंतर काम करने के बाद जब राजभवन में पहुंचे, तब भेंट करने के लिए एक सज्जन पहले से ही उनकी प्रतीक्षा कर रहे थे। उन्होंने दार्शनिक कोथका-मांदा समझकर कहा : "आप थक गए हों तो मैं फिर कभी भेंट करने आ जाऊंगा।" यह कहकर वे सज्जन चलने लगे। झट डा० राधाकृष्णन् ने कहा : "क्यों थकूंगा मैं ? मैं तो थकना गवारा नहीं कर सकता।"

बम्बई में एक बार कुछ लोगों ने डा० राधाकृष्णन् का मज़ाक उड़ाने का विचार किया। वे लोग यह निवेदन लेकर पहुंचे कि आप एक भाषण दें। भाषण किस विषय पर हो, यह निश्चय नहीं हुआ। तय यह हुआ, कि जो कोई विषय दिया जायगा, उसीपर डा० राधाकृष्णन् भाषण देंगे। ठीक समय पर डा० राधाकृष्णन् सभा-भवन में पहुंचे। सभा की कार्रवाई जारी थी। परन्तु भारत का दार्शनिक किस विषय पर भाषण देगा, यह अभी तक निश्चय नहीं हो सका था। डा० राधाकृष्णन् भाषण देने के लिए खड़े हो गए। सभा के मंत्री की ओर उन्होंने देखा। मंत्री ने जेब में पड़ा एक कागज़ निकाला और सम्मानीय वक्ता के हाथ में दे दिया। उसपर लिखा था : "महोदय, आपको इस विषय पर भाषण करना है।" विद्वान् वक्ता मसखरी से कुछ हंसा और बोला : "अच्छी बात।" माइक पर अंगुली टंकारी। माइक ठीक था। बस, डा० राधाकृष्णन् की वाक्धारा फूट पड़ी। खचाखच भरा सभा-भवन स्तब्ध हो उस वाक्धारा के अटूट प्रवाह को सुन रहा था। वक्ता ने पहले 'बुच' का इतिहास बताया, उसका उपयोग बताया। इसके बाद गाड़ी तत्त्वज्ञान की ओर मुड़ गई।

वक्ता ने बताया कि जीवन भी बुच के समान हलका और सच्छिद्र है। जीवन के तत्त्वज्ञान पर वक्ता का भाषण शुरू हो गया। श्रोता उसी रंग में रंग गए। बीच-बीच में 'बुच' भी आ जाता था। वक्ता का श्रोताओं ने अनेक बार करतल ध्वनि कर अभिनन्दन किया। मंत्री बहुत लज्जित था। वह वक्ता का ठट्ठा करने चला था, पर अब उसकी फज़ीहत हो रही थी।

आक्सफोर्ड में जब डा० राधाकृष्णन् के भाषण धर्मशास्त्र पर होते थे, तो अन्य सब वर्ग खाली हो जाते थे। उनकी ललित अंग्रेज़ी सुनने को ही छात्रमंडली उमड़ पड़ती थी। आप बाइबल से लेकर वेद तक के उद्धरण एकसमान देते हैं। छात्रों के पूछे प्रश्नों का उत्तर देने में आपको आनंद आता है। अपने को छोटा बतानेवाले प्रश्नों का भी उत्तर देने में संकोच नहीं करते। उनके आत्मविश्वास की कोई सीमा नहीं है। यही कारण है कि वे मैसूर के क्षात्रों से कह सके थे : "मैं इंग्लैंड ज़रूर जाऊंगा। पर पढ़ने के लिए नहीं, पढ़ाने जाऊंगा।" यह मिथ्या और कोरा आत्मविश्वास नहीं था। यह समय ने बता दिया है।

छात्रों के साथ आपको बात करने में बहुत आनंद आता है। आपके घर छात्र जब चाहें जा सकते थे। छात्रगण आपका समय व्यर्थ में नष्ट करते हैं, यह जानते हुए भी वे उनको हतोत्साह नहीं करते थे। छात्रों का कहना था कि उनको डा० राधाकृष्णन् से बात करने में बड़ा आनंद आता है। इसपर वे क्या कहते। हिंदू विश्वविद्यालय में जब आप कुलपति थे, तब तो आपके घर में ही छात्र रहते थे। डा० राधाकृष्णन् को भी छात्रों से बात करने में बड़ा आनंद आता है।

शिक्षा कमीशन के सिलसिले में आप बड़ौदा भी गए थे। बड़ौदा कालेज में एक छोटे कद के प्रोफेसर पढ़ा रहे थे। उनकी कक्षा में छात्रों की संख्या भी कुछ अधिक थी। लगभग दो सौ छात्र बड़े ध्यान से अंग्रेज़ी साहित्य पर भाषण सुन रहे थे। पढ़ानेवाले शिक्षक का नाम श्री माहुलकर

था। डा० राधाकृष्णन् ने इस अध्यापक से मिलने की इच्छा प्रकट की। एक घंटे के बाद श्री माहुलकर भेंट करने के लिए आए। उनसे शिक्षा कमीशन के अध्यक्ष का प्रश्न था : "अधिक संख्या के छात्रों का वर्ग लेने में आपको निश्चित रूप से अधिक श्रम पड़ता होगा। यह सब आप लोग कैसे सहन करते हैं ?" श्री माहुलकर यह भाव दिखाते हुए कि हम गरीबों को कौन पूछता है, कुछ हंसे। डा० राधाकृष्णन् ने उसी समय पेन दिया और कापी सामने रखी। शिक्षकों की सब कठिनाइयों, कष्टों, कार्य में आनेवाली असुविधाओं को दर्ज किया। शिक्षा कमीशन की रिपोर्ट में यह सब दर्ज है। केवल बाधाओं और अड़चनों का उल्लेख ही नहीं है, प्रत्युत उनको दूर करने का उसमें उपाय भी बताया गया है। भारतीय शिक्षा-व्यवस्था पर इस समय तक यह अंतिम शब्द माना जाता है।

डा० राधाकृष्णन् विनोद करने से नहीं चूकते। श्रमजीवी पत्रकार संघ के भूतपूर्व अध्यक्ष और नेशनल हैरल्ड के संपादक श्री चेलापति राव जब एक बार मिले, तब झट बोले : "तुम पेरिस जा रहे हो और पणिक्कर वहां से वापस आ रहा है।" इसमें जो मार्मिक व्यंग्य है वह दोनों ओर लागू है।

डा० राधाकृष्णन् जब कोई उद्धरण दें और उसके जवाब में आप भी दूसरा उद्धरण उसी समय दे दें, उनके वचन पर प्रतिवचन कह दें, तो वे बहुत आनंदित होते हैं।

श्री नेहरू के निधन के बाद उनको पत्र लिखकर किसीने शिकायत की कि पत्रों के मंत्रिगण जवाब तक नहीं देते। इसका विनोदपूर्ण उत्तर डा० राधाकृष्णन् ने दिया : "यह बहुत साहजिक है। वे सब बहुत अधिक कार्य-व्यस्त हैं—मैं आशा करता हूं कि आप इसको समझते हैं।" (आई होप यू अंडरस्टैंड : यह आप लिखते ही मज़े में नहीं हैं, प्रत्युत पढ़ाते हुए और बात करते हुए भी इसका बार-बार प्रयोग करते हैं ।)

आपका परिचय-क्षेत्र बहुत विस्तृत और व्यापक है। 'इंटरनेशनल

बुक हाउस' के श्री दीक्षित से लेकर जर्मनी के अध्यक्ष तक आपका परिचय है। एक बार जिस व्यक्ति से आप बात कर लेते हैं, उसको आप कभी भूलते नहीं हैं। आपकी स्मृति-शक्ति बहुत अधिक प्रबल है।

आपके एक पुत्र—डा० गोपाल—परराष्ट्र मंत्रालय में इतिहास विभाग के निदेशक हैं। आपकी पांच पुत्रियां हैं।

डा० राधाकृष्णन् का भरा-पूरा परिवार है। पर वे निस्संग हैं। डा० गोपाल ही यदा-कदा उनके संग रहते हैं। अन्यथा वे एकाकी रहते हैं। राष्ट्रपति के एक दामाद जस्टिस शेषाचलय पति (रिटायर्ड) हैं दूसरे डा० के० एन० राव, स्वास्थ्य-विभाग में डायरेक्टर जनरल हैं, तीसरे डा० शांडिल्य, पैराम्बुर कोच फैक्टरी में वित्तीय परामर्शदाता हैं, चौथे शेषगिरि राव एडवोकेट हैं और श्री राव, बम्बई में डायरेक्टर ऑव ऑडिट हैं।

डा० राधाकृष्णन् अत्यधिक मित्र-वत्सल हैं। महाराजा विजयानगरम् श्री अलकनारायण आपके मित्रों में से एक थे। उनकी जायदाद ब्रिटिश सरकार ने 1935 में कोर्ट ऑव वार्ड्स ने ले ली। ब्रिटिश सरकार ने महाराजा के बच्चों को शिक्षा के नाम पर विलायत भेजने की कोशिश की। यह मामला हाईकोर्ट तक गया। मद्रास हाईकोर्ट ने महाराजा की बात ठीक मानी और बच्चों का इंग्लैंड भेजा जाना रुक गया। 1937 के निर्वाचन में महाराज विजयानगरम् मद्रास असेम्बली के एक सदस्य चुने गए। अन्य सब ज़मींदार परिवार के उम्मीदवार कांग्रेस से पराजित हुए थे। किंतु महाराजा विजयानगरम् 56,000 वोटों से विजयी हुए। डा० राधाकृष्णन् ने मद्रास सरकार को प्रेरणा दी कि वह 'कोर्ट ऑव अवार्ड' की जगह विजयानगरम् के महाराजा को ही उस जायदाद का वैयक्तिक 'वार्ड' नियत कर दे। सरकार ने उनकी बात मान ली और 'कार्ट ऑव वार्ड्स एक्ट' के अधीन महाराज अलकनारायण 'पर्सनल वार्ड' नियुक्त किए गए। परिवार को इससे बड़ी राहत मिली। इस प्रकार न जाने आपने कितने परिवारों की सहायता की है। आपकी मैत्री का क्षेत्र बहुत व्यापक

और विस्तृत है। स्व० जयसूर्य नायडू (श्रीमती सरोजनी नायडू के पुत्र) और आप दोनों की अपने-अपने क्षेत्र में ख्याति है। ये दोनों जब परस्पर बात करते होंगे, तब किस विषय पर बात करते होंगे ?

एक बार दोनों के मध्य इस विषय पर चर्चा हुई कि स्त्रियां रंग चुनने में इतना समय क्यों बर्बाद करती हैं। स्व० हेनरी फोर्ड को तो अपनी मोटरों के लिए रंग चुनने में देर नहीं लगती। झटपट जो रंग चाहते हैं, वह रंग मोटर को दे देते हैं। फिर स्त्रियां रंग चुनने में इतना समय क्यों लगाती हैं ?

अधिकांश पुरुष एक रंग के अन्दर तीन ही भेद करते हैं : गाढ़ा हरा, मध्यम हरा और हल्का हरा। यदि और सूक्ष्मता से देखा जाय, तो और तीन भेद इसमें हो सकते हैं : बोतल ग्रीन (हरा), सीग्रीन, और ओलिव-ग्रीन (जैतून-सा हरा)। पुरुष इससे अधिक एक रंग में भेद नहीं करते। पर स्त्रियां इतने से ही सन्तुष्ट नहीं होतीं। औसतन स्त्री भी हरेक रंग में 16 भेद करती है। कपड़े की दुकान पर बेचने वाले के लिए स्त्री खरीदार को संतुष्ट करना कठिन होता है। पति का धीरज जवाब दे देता है, पर पत्नी का चुनाव ही समाप्त नहीं होता। वे इस विषय में जल्दी नहीं कर सकतीं, क्योंकि यह उनके लिए जीवन और मृत्यु का प्रश्न है। बात और आगे बढ़ी और नेमीलोव को उद्धृत किया गया। स्त्रियों की प्राणिशास्त्रिक दुःखांत समस्या इससे भी नहीं सुलझी तब 'क्रेचेमेर' के 'बाडीबिल्ड एण्ड कैरेक्टर' का सिद्धांत पेश किया गया। विषय गंभीर और शास्त्रीय होता जा रहा था, अतः फिर साधारण वाद-विवाद पर दोनों उतर आए। अब कहा गया, कि इसपर भी कोई स्त्री आज तक प्रसिद्ध 'कलर केमिस्ट' या पेंटर नहीं हुई। कोई स्त्री अभी तक प्रसिद्ध नाटककार, दार्शनिक, वस्त्र-विशेषज्ञ, शिल्पी, गह-साज-सज्जा-आकल्पक (डिज़ाइनर) नहीं हुई। प्रसिद्धि का माप भी अन्तर्राष्ट्रीय रखा गया, स्थानीय नहीं। पुरुषों की अपेक्षा स्त्रियों की स्नायु-प्रणाली अधिक विकसित है। फिर भी यह सब

काम पुरुष स्त्रियों के वास्ते तैयार करते हैं, बनाते हैं और पैदा करते हैं। इसका क्या कारण है ? इसको परमात्मा के सिवाय शायद और कोई नहीं जानता। डा० राधाकृष्णन् तो इसको नहीं जानते। डा० राधाकृष्णन् किसी व्यक्ति के गर्व को तुष्ट करने के लिए अपने-आपको कितना विनम्र और क्षुद्र बना सकते हैं, यह इससे स्पष्ट है। उनको अपना अज्ञान प्रकट करने में भी संकोच नहीं है। एक महान विश्वविख्यात व्यक्ति इतना अधिक सामान्य जनों के समकक्ष होने का यत्न कर सकता है, क्या यही एक विलक्षण बात नहीं है ?

राजनयज्ञ, मुत्सद्दी और राजनीतिज्ञ साधारणतः सत्यवादी और निडर नहीं होते। वे पूर्णतया मनु द्वारा निर्दिष्ट इस सिद्धांत का अनुसरण करते हैं :

"सत्यं ब्रू यात् प्रियं ब्रू यात् न ब्रू यात् सत्यंप्रियम्।"

अर्थात् सत्य बोलो, प्रिय बोलो, अप्रिय सत्य न बोलो।

किंतु, डा० राधाकृष्णन् इसके अपवाद हैं। वे भारवि के समान मानते हैं—हितकारी और मनोहारी वचन दुर्लभ हैं :

"हितं मनोहारि च दुर्लभं वचः।"

और सत्य बात कहने से मौका आने पर कभी चूकते नहीं हैं।

संयुक्त राज्य अमेरिका के प्रेज़ीडेंट आइज़न हावर से वाशिंगटन में मिलने पर आपने कहा था : "कश्मीर के विषय में आपको कुछ भी जानकारी नहीं है। आप जो कुछ जानते हैं, उसका आधार आपके अमरीकी अधिकारियों की रिर्पोर्ट हैं और वे सर्वथा गलत हैं।" इससे समझा जा सकता है कि डा० राधाकृष्णन् के कश्मीर के विषय में कितने दृढ़ विचार हैं।

काहिरा में जब प्रेज़ीडेंट नजीब डा० राधाकृष्णन् को विदा करने के लिए दरवाज़े तक आए, तब डा० राधाकृष्णन् ने (1952) उनको सावधान रहने के लिए फौजी अधिनायक तंत्र में निहित भय से अवगत

किया। डा० राधाकृष्णन् ने कहा था कि शक्ति और अधिकार स्थायी नहीं हैं, उसे स्थायित्व तभी प्राप्त होता है जब उसका आधार नैतिक होता है।

शंघाई में, कम्युनिस्ट चीन के हृदय में, भाषण देते हुए डा० राधाकृष्णन् ने पेकिंग सरकार का अतिथि होते हुए भी वैयक्तिक स्वतंत्रता के मूल्य का महत्त्व बताया। आपने बताया कि विज्ञान के महत्त्वपूर्ण आविष्कार, सुन्दरतम काव्य और कला-कृतियां, सर्वोत्तम संगीत वैयक्तिक कार्यों का फल है। नूतन चीन को, समूहवाद के उपासक चीन को वैयक्तिक स्वतंत्रता का उपदेश देने के लिए किस अदम्य साहस और निर्भयता की आवश्यकता है, उसकी कल्पना की जा सकती है। इससे डा० राधाकृष्णन् के व्यक्तित्व को और उसकी महानता को समझा जा सकता है। उनकी स्पष्टवादिता किस सीमा तक जा सकती है, यह इससे प्रकट है।

1954 में कोलंबिया यूनीवर्सिटी ने अपना 150वां वर्ष मनाया। इसके वास्ते क्वीन मेरी विशेष रूप से ब्रिटेन से आई थीं। इसी समारोह को मनाने के सिलसिले में 'वालडोर्फ एस्टोरिया' में शाही भोज का आयोजन किया गया था। इस मौके पर विश्व के विभिन्न भागों से आए व्यक्तियों के भाषण भी हुए। इनमें डा० राधाकृष्णन् एक थे। इस रात जितने भाषण हुए, उनमें कहना न होगा, डा० राधाकृष्णन् का सर्वोत्तम भाषण था। इसका फल उस भोज में उपस्थित भारतीयों को मिला, जिनमें राज्यसभा के सदस्य और इलाहाबाद हाईकोर्ट के भूतपूर्व जज मा० प्रकाशनारायण सप्रू भी थे। बधाइयों की उनपर वर्षा हो गई। वह रात ही वस्तुतः सौभाग्यशाली हो गई। ब्रिटिश छात्र समुदाय ही नहीं, अमेरिकी जनता भी आपके भाषण को बड़े चाव से सुनती है। आपके भाषणों में एक अद्भुत प्रसाद गुण है।

1942 में डा० राधाकृष्णन् हिंदू विश्वविद्यालय के कुलगुरु थे। म० गांधी का अत्यधिक सम्मान करते थे। सेंगांव से फोन आने पर ही आप कलकत्ता में महामना मालवीयजी की रोग-शय्या के पास पहुंचे। महामना

ने डा० राधाकृष्णन् का हाथ अपने हाथ में लिया और महामना का उद्देश्य पूरा हो गया। गांधीजी ने सुख की सांस ली। डा० राधाकृष्णन् ने इस उत्तरदायित्व को किस उत्तमता से निबाहा, यह सर्वविदित है।

कुलगुरु की बैठक का एक दृश्य देखिए। 'वाइस चांसलर लाज' के ऊपर के दाहिनी ओर के पहले कमरे में कुलगुरु बैठा करते थे। यह ही उनका दफ्तर था। लकड़ी का एक तख्तपोश था। उसपर एक साधारण तकिया बिछी चद्दर पर रखा था। इसके पास एक छोटी मेज़ पड़ी थी। सामने कुछ कुर्सियां रखी थीं। इनके पीछे पुस्तकों से भरी अलमारी थी। कुलगुरु के कमरे का यह था साजसामान और फर्नीचर।

काम से आए लोगों की बात सुनने और उसको समझने में आवश्यक समय लेने के बाद निर्णय देने और काम निपटाने में उनको देर नहीं लगती। अतः जो लोग उनकी बात सुनने के इरादे से आते हैं, वे बहुत निराश होते हैं, क्योंकि काम तो उनसे मिलने का समय पाने का एक निमित्त-मात्र होता है।

एक बार आपने श्री सिद्धेश्वर भट्टाचार्य से बात करते हुए कहा : "सिद्धेश्वर, क्या तुम जानते हो कि शंकर ने कभी भी इस बात का प्रचार नहीं किया होगा कि जगत् मिथ्या है। माया है। आकाश पुष्प के समान मिथ्या है।" उनके कहने का अभिप्राय यह था कि ब्रह्म के समान प्रकृति पूर्ण नहीं है। इसके बाद कुछ संस्कृत श्लोक उन्होंने बोले और अपने श्रोता से मुस्कराते हुए पूछा : "क्या तुम इससे सहमत हो ?" श्रोता ने सहमति में सिर हिलाया।

'आल सोल कालेज' आक्सफोर्ड में एक दिन डा० राधाकृष्णन् के कमरे में श्री मलिक, अमेरिकी विद्वान् रोडेज और श्री भट्टाचार्य बैठे थे। डा० राधाकृष्णन् ने गुनगुनाया : "हरे कृष्ण, हरे गोविंद, हरे मुरारे।" वहां बैठे लोगों ने अनुभव किया कि भगवान श्रीकृष्ण के वे आदमी हैं।

पटना विश्वविद्यालय का दीक्षान्त भाषण देने आप पटना गए थे और तात्कालिक राज्यपाल श्री दिवाकर के साथ राजभवन में ठहरे हुए थे। एक दिन 'बाल-रवि' का सेवन करते हुए श्लोक बोलते जा रहे थे। श्री दिवाकर के पहुंचते ही आपने अपना आत्मचरित्र सुनाना शुरू कर दिया। फिर 'बाल-रवि' का महत्त्व बताया। संस्कृत श्लोकों का पाठ ही उनका वास्तविक जीवन है। यह है, जो उनको बल देता है, उनका पोषण करता है।

शेष सब—उपराष्ट्रपति पद तक—तमाशा है। श्री दिवाकर ने डा० राधाकृष्णन् को उनकी लिखी किताबों का स्मरण दिलाया। इसपर आपने कहा कि यदि शंकर आज उत्पन्न हो, तो वे अपना भाष्य अंग्रेज़ी में लिखेंगे, और भारतीय विचारों की व्याख्या वे अंग्रेज़ी में करेंगे।

'आवर ओरियंटल हेरिटेज' में डा० राधाकृष्णन् ने विश्वास प्रकट किया है कि भारत अमर है। युक्ति दी है कि टैगोर-गांधी सदृश व्यक्तियों को उत्पन्न करनेवाला देश रोम, ग्रीस और मिस्र के समान विलुप्त नहीं हो सकता।

डा० राधाकृष्णन्, गीता के समान ज्ञान, कर्म और भक्ति के समन्वय हैं। इन तीनों का समुच्चय यदि एक जगह देखना हो तो डा० राधाकृष्णन् के दर्शन करना चाहिए। राजा जनक का नाम ही इस देश ने सुना था, पर वह राधाकृष्णन् के दर्शन भी कर सकता है।

डा० राधाकृष्णन् के सामाजिक दर्शन का आधार मानवता है। विवाह-संस्था समाज का एक महत्त्वपूर्ण अंग है। विषयोपभोग या काम-वासना की परितृप्ति इसका एक आवश्यक भाग है। डा० राधाकृष्णन् एक दार्शनिक के समान कहते हैं: "कामवासनाको विवाह संस्था के द्वारा, उच्चतर जीवन के निर्माण के लिए हमें कच्ची सामग्री के रूप में स्वीकार करना चाहिए। पूर्ण विवाह में काम-तृप्ति पवित्र हो जाती है, और यह आंतरिक सौंदर्य का बाह्य चिह्न होता है।"

लोकतंत्र और कम्युनिज़्म के बीच तुलना करने पर डा० राधाकृष्णन् ने

कम्युनिज़्म को इस सीमा तक स्वीकार किया है, जहां तक वह सब मानवों में सामाजिक न्याय और समानता की स्थापना स्थापित करता है। किंतु जब वह भौतिक दर्शन का प्रचार करता है, तब आप उसको स्वीकार नहीं करते। उसका जड़ और कठोर समूहवाद भी आपको स्वीकार नहीं है, क्योंकि वह वैयक्तिक स्वतंलता का अपहरण करता है। डा० राधाकृष्णन् का कम्युनिज़्म के प्रति रोष इससे प्रकट है : "मानवीय दायित्व के बिना सम्पत्ति की संस्था पर कम्युनिज़्म एक हमला है।" क्रांतिकारी प्रोग्राम भी डा० राधाकृष्णन् को स्वीकार नहीं हो सकता। क्योंकि, धमकी द्वारा हमारे ऊपर भावी प्रोग्राम नहीं थोपा जा सकता। यह है विश्वविख्यात व्यक्ति का व्यक्तित्व। यह अतुलनीय है। इस वसुधा पर इससे अधिक भक्त एवं ज्ञानवान पुरुष हुआ है या नहीं, यह कहना कठिन है।

०००